略奪愛
〜囚われ姫の千一夜〜

Anna Tenjo
天条アンナ

JN181253

Honey Novel

Illustration

池上紗京

CONTENTS

略奪愛～囚われ姫の千一夜～

Honey Novel

序章　喪失

肉食獣を思わせる琥珀色《こはくいろ》の瞳が、アマリアを見下《みお》ろしてくる。

仲間たちからリドワーンと呼ばれているこの男の、引き締まった体躯《たいく》も、黒い髪も浅黒《あさぐろ》い肌も、鋭《するど》く整った気品のある顔立ちも、口元に浮かんだ薄《うす》い笑みも、なにもかもが黒豹《くろひょう》を思い起こさせる。

彼に組み敷かれている自分は、このまま捕食《ほしょく》されてしまうのだろうか。

アマリアは戦慄《せんりつ》し、彼の腕から逃《のが》れようと必死で暴《あば》れる。

リドワーンの筋肉質な締《し》まった腕は、びくともしなかった。

それでもなんとか逃れようと、アマリアが身をよじると、ほっそりと乙女らしい曲線《きょくせん》を描《えが》く身体《からだ》の中で、そこだけ豊かな胸が揺《ゆ》れる。

リドワーンが、喉《のど》の奥で笑った。

「挑発しているのか?」

「っ……!」

彼の指が、アマリアのふくらみを服の上から鷲摑《わしづか》みにしてくる。

どくり、と心臓が大きく音を立てた。

「いやらしい身体《からだ》をしている」

低い声でなじられ、頰《ほお》が紅潮《こうちょう》するのがわかった。

「……離《はな》しなさいっ! このっ、無礼《ぶれい》な……あっ!」

ふくらみの中心にある蕾《つぼみ》に、男の硬い指が触《ふ》れた。その部分を弄《もてあそ》ぶようにしながら、リドワーンは、嬲《なぶ》るような声音で訊いてくる。

「無礼な――なんだ、姫君?」

恥辱《ちじょく》で頭がどうにかなってしまいそうだった。

――こんな男に屈《くっ》したりするものか。

アマリアは精一杯《せいいっぱい》の勇気を振りしぼり、すみれ色の瞳に力を入れた。

「この……盗賊《とうぞく》!」

そう呼ばれることを、この男がもっとも嫌《きら》っていることにアマリアは気付いていた。

効果はてきめんだった。琥珀色《こはくいろ》の瞳が、すぅっ、と細められる。

――屈辱《くつじょく》を与えてやることができた。

感じ取ると同時に顎《あご》をつかまれ、正面からその瞳を見据《みす》えさせられる。

「血の巡《めぐ》りの悪い姫様だ。何度言えばわかる？　俺たちは賊《ぞく》ではない。反乱軍だ」

「こんなやり方は……盗賊《とうぞく》と変わりません」

「なら、賊《ぞく》のように振《ふ》る舞《ま》ってやろうか」

アマリアのふくらみを弄《もてあそ》んでいた指が、胸元を包《つつ》む衣《ころも》にかかる。

「っ！」

アマリアは声にならない悲鳴を上げた。

布地の裂《さ》ける音が響く。

冷たい空気が素肌《すはだ》に触れ、アマリアの張りのある乳房がふるえながらこぼれ落ちる。

一瞬、自分の身に、何が起こったのかわからなかった。

（えっ……）

露《あら》わになった白い双丘に、リドワーンの無遠慮《ぶえんりょ》な視線が注《そそ》がれている。

（あっ……）

嬲《なぶ》られるような視線に晒《さら》され、羞恥《しゅうち》と恐怖で震えが奔《はし》った。

「いっ……いやっ……」

とっさに胸元を覆《おお》い隠《かく》そうとするも、両手をつかまれ、頭の上でまとめ上げられてしまう。

「……み、見ないで……見ないでください……」

訴《うった》えを無視して、リドワーンが低く笑うのを聞いた。

彼は、果実《かじつ》の熟《う》れ具合《ぐあい》でも確かめるかのようにアマリアの片方の乳房をすくい上げ、薄紅色に色づいた胸の中心に、顔を寄せてくる。

「何を……あっ！」

ぴちゃ、と濡《ぬ》れた音を立て、リドワーンの薄い唇《くちびる》がアマリアの乳頭を覆《おお》う。

熱くぬめった感触《かんしょく》に、小さな蕾《つぼみ》は縮《ちぢ》み上がる。

「……やっ……！」

小さく上げた悲鳴に、リドワーンはかすかに笑った。

彼の口内で、誰にも触れさせたことのないアマリアの乳頭は、飴玉《あめだま》のようにねっとりと舐められている。

自分の身に起こっていることが、信じられない。

男に、口を使って胸を弄《もてあそ》ばれるなんて――

こんないやらしい行為《こうい》が存在するなど、いままでに想像したこともなかった。

「……ああっ！」

きゅっ、と、軽く乳頭に歯を立てられる。

背筋に、震《ふる》えが走った。

恐怖と屈辱《くつじょく》と、するどい甘やかさを含んだ不思議な戦慄《せんりつ》。

未知《みち》の感覚に、アマリアは怯《おび》えた。

「つ！　……やめて、ください……お願い、やめて……」

とにかくこの腕から逃れたい。これ以上蹂躙《じゅうりん》されては、気がおかしくなってしまう。

必死の哀願《あいがん》は聞き入れられなかった。

それどころかリドワーンは、わざと音を立てるように、唇と舌とを使って薄紅色の乳頭をいたぶり続ける。

「やめて……お願いですから……」

ちゅっ、とひときわ大きな音とともに、乳頭を吸い上げられる。

ぴくん、と身体《からだ》が跳《は》ねた。

リドワーンが胸元から頭を上げ、耳元でささやいてくる。

「ずいぶんと感じやすい。淫乱《いんらん》な姫様だ」

——淫乱《いんらん》。

熱い吐息と共に放たれた言葉が、アマリアの矜持《きょうじ》をひどく傷付けた。

アマリアは震えながらも、見下《みお》ろしてくる男の傲岸《ごうがん》な瞳を見返し、

「取り消してください……わたしは、そのような者では——」

「さぁ、どうだろうな」

「あっ……」

と、突如《とつじょ》、もう片方の乳房の中心をつままれた。その部分を軽くひねられ、硬く凝《しこ》っていることを感じさせられてしまう。

「いやっ……やめ、やめて……」

尖《とが》ってしまった乳頭を、軽く引っ張り、彼は口元に薄い笑みを浮かべた。

「感じているじゃないか。こんなに硬くして」

「……んっ」

ふぅっ。熱い吐息が、先端《せんたん》に吹きかけられる。

その部分がますます熱くなり、敏感《びんかん》になるのを感じた。

「……もう、許して……ください……」

「無理だな。焚《た》き付けたのはお前だ」

無慈悲《むじひ》に言い放ち、リドワーンはアマリアの太腿《ふともも》に指を這《は》わせてくる。

「……いや――」

下着の中に節ばった武骨《ぶこつ》な指が侵入してくる。

「――っ！　いやっ！　いやっ……」

意識したこともない場所を指先でまさぐられ、アマリアは再びその手から逃れようと身をよじった。

突如、脚の間に鋭《するど》い痛みが走った。

「っ！　ああっ……！」

脚の間の、誰にも触れさせたことのない秘部に、男の指先が食い込んでくる。柔肉を無理《むり》やりに割り入ってくる硬い感触に、アマリアは悲鳴を上げた。

「狭《せま》いな。押し返してくる」

「いやっ！　やめて、痛いっ……！」

「じきに慣《な》れる」

言って、蜜洞に指を突き入れたまま、別の指を使って敏感《びんかん》な肉芽に触れられた。そのまま肉芽を押しつぶすようにうごめかせてくる。

「っ！」

指紋《しもん》すら感じ取れるほどにぴたりと肉芽を押さえつけられ、ぐりぐりと刺激《しげき》されてしまう。

甘ったるい疼《うず》きが周辺を走り、アマリアは身を震わせた。

「お願い、やめて…くださいい……もう、やめて……」

聞き入れられないとわかっている。それでも願わずにはいられない。

蜜洞を犯《おか》され、肉芽を嬲《なぶ》られ、気も狂わんばかりだった。

それなのに、ときおり秘部を、震えるほどの快感が駆《か》け抜《ぬ》け、そのたびに蜜口からとろりとした熱い粘液《ねんえき》が分泌《ぶんぴつ》されるのがわかる。

「……いやっ……いや——」

弄《もてあそ》ばれている秘部で、いやらしく濡《ぬ》れた音がする。聴覚《ちょうかく》まで犯されているような気分でいると、リドワーンの吐息が耳にかかった。

「もの欲しそうに濡れている。もっと欲しいんだろう?」

「…そんなことっ……あっ、ああっ!」

淫唇が、さらにぐうっ、と押し広げられる。

「嘘《うそ》つきには折檻《せっかん》が必要か」

「……ひぁっ!」

リドワーンの長い指がさらにもう一本、蜜口に侵入してくる。

二本の指はアマリアの小さな内部をぎちぎちに満たし、あふれた蜜が陰部からとろりとこぼれ出す。

「美味《うま》そうに飲み込んでしまったな。しかし、これでは折檻《せっかん》にならない。淫乱姫《いんらんひめ》には、辱《はずかし》めも褒美《ほうび》になってしまったようだ」

低く、淫靡《いんび》な声音に、アマリアは怯《おび》えた。

痛みしか感じられなかった柔肉が、甘い熱を帯《お》びてくる。

リドワーンはそれを見計らったかのように、蜜洞の入り口あたりにまで二本の指を後退させ、再び奥まで突き入れる動作をくり返してくる。媚壁に硬い指の関節がこすれ、そのたびに奇妙な、痺《しび》れるような快感を覚えてしまう。

「……だっ、め……やめて…うっ、あぁっ……」

再び、リドワーンがアマリアの乳頭に吸い付いてきた。薄く形の良い唇と、舌とで、敏感になった乳首を愛撫される。

「あっ……」

熱を伴《ともな》う疼《うず》きが、全身に広がってゆく。

抽挿をくり返された膣肉が、与えられる官能に応《こた》え、媚びるようにとろけてゆくのがわかる。

このままでは、狂わされてしまう。

「いや…助けて──」

その声は、誰にも届《とど》かず、誰にも聞き入れられない。

「──おねがい…助けて、ギル……」

恋人の名を口に出した瞬間、涙が溢《あふ》れた。

どうして、こんなことになってしまったのだろう?

ほんの数日前までは、愛しい恋人との逢瀬《おうせ》に胸を高鳴らせていた無垢《むく》な乙女であったというのに──

第一章　アマリアの受難

大陸のやや北西部に位置するウインディア王国は、一年間のほぼ半分が雪に閉ざされている。

冬将軍《ふゆしょうぐん》が猛威《もうい》を振るう、この国の夏は短い。

それゆえに、ウインディアの人々は皆《みな》、太陽の支配する短い季節を精一杯謳歌《せいいっぱいおうか》しようとする。

王侯貴族《おうこうきぞく》から庶民《しょみん》まで、夏は歓喜《かんき》のときなのだ。

ウインディア王国の王女であるアマリアも、この季節を愛する人間のひとりだ。

数日前。

アマリアはお気に入りの侍女と二人で、王城から少し離れた湖畔《こはん》へ散策《さんさく》に出ていた。

ちょっとした森の中にあるその湖は、アマリアの愛する場所のひとつだ。

夏の湖は、水面できらきらと陽光を踊《おど》らせている。

たっぷりと満ちた水は底まで透《す》けて見えそうなほどに澄《す》んでおり、人魚や宝石魚《ほうせきぎょ》といった伝説の生き物たちがいまにも姿を現しそうだ。

ふいに吹いた柔らかな風に、アマリアのセピア色の髪がふわりと揺《ゆ》れる。

――気持ちいい。

ここに来ると、王城の生活で張り詰めていた気持ちが、いつの間にかほどけてゆく。

草木と、水の匂《にお》いを含《ふく》んだ空気が心地いい。水の音と陽の光と、草木の息吹《いぶき》を感じていると、王城での喧騒《けんそう》が嘘《うそ》のように思えてくる。

けれど、ここへ来た本当の目的は単なる気分転換《きぶんてんかん》ではない。

恋人であるギルフォード卿との逢引《あいび》きのためだった。

散策《さんさく》に付き合ってくれる侍女のエナは貴族の出ではなく、平民階級の出身で、貴族たちのしきたりにこだわらない。それどころか、そういった堅苦《かたくる》しい決まり事を馬鹿《ばか》らしく思っているふしすらある。年齢もアマリアと同じく十八歳であり、王族の娘であるアマリアにも物怖《ものお》じせず、言いたいことははっきりと口にする。格式にとらわれるあまり、真意を読み取ることに苦心するほどに回りくどい言い回しをするような王城において、エナの気質は新鮮で、それもアマリアがエナを気に入っている理由のひとつだった。

こうしてギルフォード卿《きょう》との逢引《あいび》きをこっそりと手伝ってくれるのも、エナだけだ。湖に来て、少しも待たないうちに、人の気配を感じた。

「ギル！」

五つ年上の恋人の姿を見て、アマリアはぱっと表情を輝かせる。

少しくせのある銀色の髪も、サファイアのような青い瞳も、甘く整った顔立ちも、凛《りん》とした立ち姿も——若い娘の理想をそのまま具現化《ぐげんか》したような、美しい青年だった。

彼は、アマリアの目の前にまでやって来て、その宝石のような瞳を愛しげに細めた。

「アマリア様——ご無事でなによりです。ここを逢引《あいび》きの場所に指定なさるなど……今朝方、手紙を目にしたときは、身が縮《ちぢ》む思いでした」

「平気です、エナがいっしょでしたから。エナはすごいんですよ。剣だって使えるし、頭も良いんです」

と、あたりを見わたすも、エナの姿はない。

賢《かしこ》いエナは、こんなときいつも気を利《き》かせて、そっと姿を消してくれるのだ。

ギルフォードはその場に片膝《かたひざ》をつき、アマリアの手を取ると、そっと口づけてくる。

それが騎士としての儀礼だとわかっていても、アマリアは少し赤くなる。

「きれいですね……」

照《て》れ隠《かく》しに、湖のほうに目をやった。

湖面は強い夏の日差しを受け、宝石をばらまいたように輝いている。

「そうですね。夏は特に」

ギルフォードは立ち上がり、アマリアの細い腰にそっと腕をまわしてくる。

アマリアは驚き、彼の瞳をまじまじとのぞきこむ。

こんな大胆《だいたん》なことをされたのは、はじめてのことだ。

「お嫌《いや》ですか？」

ささやかれ、アマリアは首を横に振る。

「……いいえ」

鼓動《こどう》が早くなる。

密着《みっちゃく》したギルフォードの胸のあたりから、衣服越《いふくご》しに心音が伝わってくる。彼の鼓動《こどう》も
また、速い。

ふいに彼の指先が、アマリアの頬《ほお》に触れ、少し上を向かされた。

「……ギル？」

彼の青い瞳に切なさのようなものを見て、アマリアはじっと瞳を見つめ返す。

そのときだった。

ふいにギルフォードが身をかがめ、自身の唇をアマリアの唇に軽く合わせた。

とくん、と心臓が跳ねる。

(――口づけられた……)


甘やかな幸福感が、全身を満たしてゆく。

柔《やわ》らかな感触が離れ、ぎゅっと抱《だ》き寄せられた。

「愛しています」

耳元でささやかれ、アマリアは赤面した。

幸せすぎて、頭がくらくらする。

そのままふたりで陽が傾《かたむ》くまで、きらめく湖面をずっと眺《なが》めた。


唇を重ねただけで、衣服越《いふくご》しに肌を密着《みっちゃく》させただけで、こんなにも心臓が激しく脈打《みゃくう》つのに――もしも彼との結婚が許され、初めての夜を迎《むか》えるときには、いったいどうなってしまうのだろう？


ギルフォードが立ち去ったあとも、アマリアはしばらく湖畔にいた。

心配性の彼は、王城まで送ってゆくとかなり長い間言い続けていたが、「エナがいるから平気よ」と断った。

この恋は、秘密の恋だ。

ギルフォードは美しく、誠実《せいじつ》で剣技にも長けた青年であると、ご婦人方には絶大《ぜつだい》な人気が

あるが、貴族としての身分は王族のアマリアと釣り合いが取れるほど高くない。

彼に王城まで送ってもらって、恋人同士であることがまわりに知れてしまえば、『自称・アマリアの婚約者候補』である大貴族の青年たちに、ギルフォードが危害《きがい》を加えられないとも限らない。

いつかギルフォードが手柄《てがら》を立てて、褒章《ほうしょう》としてさらなる身分を与えられれば、結ばれることも叶うかもしれない。

それまでに、アマリアの縁談《えんだん》がまとまらなければの話だけれど。

(――やめましょう、そんなことを考えるのは)

今日は、はじめて口づけを交わした日。

せめて王城に戻《もど》るまでの間だけでも、甘い余韻《よいん》に浸《ひた》っていたい。

「エナ?」

ギルフォードと別れて、ずいぶんと時間がたつ。

いつもエナは、頃合《ころあ》いを見計《みはか》らって姿を現し、そっとアマリアの傍《そば》に立っている。それなのに今日は姿が見当たらない。

「エナ、どこにいるの?」

すでに夕日も沈んでいる。こんなに遅くまで王城の外にいたことはない。

急に不安になって、アマリアはエナを探して湖畔を歩く。

そのときだった。

目の前に、険のある目つきの男が立ちはだかり、アマリアの行く手を阻《はば》んだ。

男の身なりはあまり良くない。貴族ではなく、平民のようだった。

あたりを見渡せば、同じような雰囲気の男が四、五人、アマリアを取り囲《かこ》んでいる。

逃げろ、と本能が警鐘《けいしょう》を鳴らした。

後ずさりしながらも、アマリアは正面にいた男に問いかける。

「何か……ご用ですか？」

突如、目の前の男が摑《つか》みかかってきた。

逃げようとすると、後方にいた別の男に肩を摑《つか》まれる。次々に男たちの腕が伸びてきて、あっという間に押さえ込まれてしまった。

「っ……いやっ、離してください！　誰か、助けてっ！　ギル――」

悲鳴は途中《とちゅう》で絶《た》たれた。

鳩尾《みぞおち》に拳《こぶし》を叩《たた》き込まれ、アマリアは意識を失った。

✿　✿　✿

目を覚ましたとき、アマリアは背中の痛みに顔をしかめた。

なんだか、身体《からだ》がチクチクする。

身じろぎをして、自分が藁《わら》の上に敷布を敷《し》いただけの寝台に横たえられていることに気付く。チクチクしていたのは、この藁《わら》のせいだろう。

「……えっ……」

(藁《わら》? ここは、どこ?)

小さな室内を見渡《みわた》し、アマリアはますます混乱した。

ささくれ立った木の床《ゆか》も、壁も天井も、いままでアマリアが生活していた華やかな王城の自室とはかけ離れている。まるで木の箱の中に閉じ込められているような、狭《せま》くて殺風景《さっぷうけい》な部屋だった。

それから、気を失う前のできごとを一気に思い出した。

湖畔でギルフォードとはじめての口づけを交わしたあと、身なりの良くない男たちに囲まれて、それから——そこで、記憶《きおく》が途切《とぎ》れている。

(——あのあと、ここに連れてこられたのだわ。でも、どうして?)

寝台を降《お》り、部屋の扉に手を掛《か》けるも、外側から鍵《かぎ》がかけられているようでびくともしない。

「どなたか、いらっしゃいませんか? ここから出してください」

言うと、少しして鍵《かぎ》の外れる音がした。扉が押し開かれる。

(——あっ……)

黒ずくめの格好《かっこう》をした長身の男が部屋に入ってきて、アマリアは息をのんだ。

年齢は二十代の前半から半ば、といったところだろうか。浅黒《あさぐろ》い肌に鋭《するど》く整った顔立ちのその青年は、まるで黒豹《くろひょう》のような危《あや》うさと気品とを備《そな》え持っていた。漆黒《しっこく》の髪も、琥珀色《こはくいろ》の瞳も、身にまとう雰囲気も、アマリアがいままでに接してきた王城の男たちとは一線を画《かく》している。

青年は月のような色の瞳で、アマリアを正面から見つめてくる。

(——なんだか怖《こわ》そうな人……)

居心地《いごこち》が悪くて、アマリアは彼から視線を逸《そ》らした。

「あの、ここは……」

どこですか、と続ける前に、歩み寄ってきた青年の長い指が、アマリアの顎《あご》を捕らえる。

アマリアは驚愕《きょうがく》し、すみれ色の瞳を見開いた。

「なるほど、確かに美人だ。部下どもが騒《さわ》ぐのも無理はない」

固まるアマリアを無視して、青年は低い声でひとりごちた。

突然のことに、アマリアの思考は一瞬、停止《ていし》する。

王女であるアマリアに、こんなふうにいきなり触れてくるような無礼《ぶれい》な人間は、いままでにひとりもいなかった。

「……お離《はな》しなさい！　無礼なっ――」

言うと、青年は喉《のど》の奥で笑ったようだった。

「これは失礼、お姫様。俺はリドワーンという。反乱軍の指導者《ロード》をしている」

「反乱軍……」

それは、現在の王政に不満を持つ者たちが集まり、王家を打ち倒すべく暗躍《あんやく》している無法者《むほうもの》の集団だと聞いていた。王侯貴族の間では盗賊団《とうぞくだん》のようなものと認識されている。

その反乱軍が、王家の娘であるアマリアを無理やりにここへ連れてきた。

とてつもなく嫌《いや》な予感がする。

アマリアは早鳴《はやな》る心臓の上に手を置いた。

「――わたしを誘拐《ゆうかい》したのですか？」

「ああ」

「なぜです？」

「答える必要はない」

ぴしゃりと言い切られて、むっとした。

なんと無礼な男だろう。王家の人間として、反乱軍の首領《しゅりょう》であるというこの男に、侮《あなど》られるわけにはゆかない。

アマリアは毅然《きぜん》として、すみれ色の可憐《かれん》な瞳でリドワーンと名乗った男を睨む。

「答えなさい、この盗賊」

盗賊、という単語に、リドワーンの眉根《まゆね》がかすかに寄せられる。その呼び名は不快《ふかい》であったようだ。

無言でこちらを見下ろしてくるリドワーンに、アマリアは続ける。

「あなた方の目的はなんなのです？　わたしをどうするつもりですか？」

リドワーンは、ふっ、と鼻で笑った。

「そうだな——こうしてやろうか」

突然、リドワーンが動いた。

かと思うと、アマリアは腕を掴《つか》まれ、寝台に押さえ込まれる。

「——っ！」

目の前に、リドワーンの端整《たんせい》な顔がある。

逃《のが》れようと必死で抵抗《ていこう》するも、しなやかな筋肉の付いたリドワーンの腕はびくともしない。

暴《あば》れるアマリアに、リドワーンの無慈悲《むじひ》な視線が注《そそ》がれる。

どうあっても自力では逃《のが》れられない——

恐怖で、心臓が早鐘《はやがね》のように鳴りはじめる。

この体勢は、男が女を犯すときのものだと、経験などなくとも本能でわかる。

「……離してください」

リドワーンは訴えを無視して、アマリアの耳元に唇を寄せ、どこか艶《つや》めいた低い声を吹き込んでくる。

「よく覚えておけ、姫君。ここの連中はな、お城のお上品なお貴族様たちとはちがうんだ。あまり刺激《しげき》しないことだな」

言って、白くなめらかなアマリアの頰《ほお》に触れてくる。

肌に触れてくる感触に、カッと顔が熱くなる。

「！　や、やめてください！」

言うと、リドワーンはあっさりと身を引いた。

アマリアは寝台の隅《すみ》に逃《のが》れ、震《ふる》える身体《からだ》を自身の腕で抱きしめる。

「お前は大切な人質だ。おとなしくしていれば危害《きがい》は加えない」

「人質……」

「ああ。従順《じゅうじゅん》にしていれば何もしない。けどな、反抗《はんこう》ばかりするようなら、お前を犯す」

犯す――

その言葉の孕《はら》む意味に、びくり、と身体《からだ》が大きく震えた。

リドワーンの口元に酷薄《こくはく》な笑みが浮かぶ。

「安心しろ。無事《ぶじ》に取り引きが終われば、無傷《むきず》のまま解放してやる」

いったい自分は、なにと引き換《か》えにされるのだろう。王城の人間は、反乱軍との取り引きに応じるのだろうか。もしも交渉《こうしょう》が上手くいかなかった場合は、どうなってしまうのだろう――

「王家を相手に、なにを要求するのですか？」

「答える必要はない」

それだけ言うと、リドワーンは部屋を出て行った。

同時に、全身の力が一気に抜ける。

(怖かった――)

安心した途端《とたん》に、涙が出た。

とりあえずは、なにもされなかった。

けれど、もしも王家と反乱軍の交渉《こうしょう》が成立しなかったら？

第三王妃の娘であるアマリアの王城での立場は、そこまで盤石《ばんじやく》なものではない。そのことを、反乱軍の人間はきっと知らない。アマリアを人質にしても、あまり無茶《むちゃ》な要求は通らないだろう。

それでもアマリアが攫《さら》われたことで、あのとき、いっしょにいたギルフォードが咎《とが》められたりしていないだろうか？

アマリアがいなくなったことで、王城は大騒《おおさわ》ぎになっているにちがいない。エナだって、きっと心配している。

(――帰りたい……)

ここから逃げ出したい。けれど、反抗《はんこう》すればさきほどの男に――

思いかけて、アマリアは考えを打ち消した。

大丈夫――王家との取り引きが上手くゆかなくとも、きっとギルフォードが助けに来てくれる。

口づけまで交わして、愛していると言ってくれたのだ。絶対に助けに来てくれる。

これ以上、怖ろしいことはなにも起こらない――

そう思っていないと、正気を保《たも》てそうになかった。

そう必死で平静を保とうとしていたとき。また部屋の扉が開かれた。

ぎくりとしてそちらを見れば、アマリアと歳《とし》の変わらない、茶色い髪の娘が入ってきた。

(――女の子だわ……)

ほっとするアマリアに、茶色い髪の娘は目もくれない。手にしていた木のトレイをテーブルの上に置き、もう片方の手に提《さ》げていた木桶《きおけ》を床に置くと、すぐに部屋を出てゆこうとする。

「……あのっ……」

とっさに呼び止めようと声を出すも、冷たい視線を返されて、言葉が出なくなる。

つい、と少女は目を逸《そ》らし、そのまま部屋を出てゆく。

置いていかれた色あせた木のトレイには、野菜の切れ端《はし》の浮かんだスープと、固そうな黒いパンがのっている。これを食べろ、とのことなのだろう。

桶《おけ》には湯が張られており、拭《ふ》き布らしきものが添えられているので、身を清めるためのものなのだろうか。

(——少しくらい、口を利《き》いてくれてもいいのに……)

見ず知らずの娘に疎《うと》まれているという事実は、思いのほかアマリアを打ちのめした。ここは反乱軍のアジトであり、アマリアは敵対《てきたい》する王国側の人間として捕らわれているのだから当然であるのかもしれないが、さきほどの娘の刺《さ》すような視線を思い出すと、心が折れそうになる。

みじめだった。

自分の置かれている状況《じょうきょう》も、リドワーンに脅《おど》されたことも、ひとりで食事を摂《と》らなければならないことも——なにもかもが、心から力を奪《うば》う。

ギルフォードと湖で逢引《あいび》きをしたときに、彼の言う通り、傍を離れなければこんなことにはならなかったのに……

「ギル……」

ギルフォードに会いたい。

「……あっ——」

彼にさえ会えれば、さきほどの恐怖もみじめさも、なにもかも吹っ飛んでしまうだろう。ギルフォードに抱きしめてもらって、大声で泣くことができたら、どれほど救いになるだろう――

慰《なぐさ》めてくれる手は、どこにもない。

アマリアはひっそりと、ひとりで涙を流すことしかできなかった。

✿　✿　✿

アマリアを監禁《かんきん》している部屋を出た後。

リドワーンは反乱軍のアジトの一画《いっかく》へ赴《おもむ》き、そこで新たに反乱軍に加わりたがっているという若者たちと対面した。

人数は、ざっと二十人ほどだろうか。

ぱっと見たところ、つぎはぎだらけの襤褸《ぼろ》をまとった農民風の男たちから、そこそこに身なりの良い商家の子息、職人風の男まで、さまざまな顔ぶれがある。

出身地は国内で最も荒《すさ》んでいるウインディア東部の者が四分の三ほどで、あとはまちまちであった。青年たちに共通しているのは、現在の政府に対して深い恨《うら》みを抱《いだ》いているところだ。

「年々、取り立てが厳《きび》しくなるばっかりだ……このままじゃ俺たちはみんな飢《う》え死にだ！」

「オレの村じゃ、もう餓死者《がししゃ》が出てるんだ。なのに、領主は援助《えんじょ》をくれるどころか、税金を上げてきやがった！」

「王都にあるおれの店にゃあ、毎日毎日役人どもが来てよ、毎日毎日難癖《なんくせ》つけて、店の金やら商品やらを持って行きやがるんだ」

「オレたちから搾《しぼ》り取れるだけ搾《しぼ》り取って、城の連中は贅沢三昧《ぜいたくざんまい》の生活してるって話じゃねえか！」

「王族やら貴族の人間は、おれたちのことなんてこれっぽっちも考えちゃいねぇんだ！　そんな連中、いないほうがマシだ！」

「こんな国の王族なんか、一人残らずぶっ殺してやればいいんだ！」

ひと通りの感情の発露《はつろ》を聞いてやった後、リドワーンは彼らが反乱軍に加わることを許可した。

いまは一人でも多くの有志《ゆうし》が必要だ。それにしても――

（――過激《かげき》な連中が増えてきた）

反乱軍に志願《しがん》してくる若者たちの、王政に対する恨《うら》みつらみは日増しにひどくなる一方だ。

もしもいま、王族の娘であるアマリア姫がこの場に姿を見せれば、この連中にどのような目に遭《あ》わされることか――

アマリア姫の拉致《らち》は、側近《そっきん》のひとりが独断《どくだん》で実行したことで、リドワーンの指示したことではない。しかし、攫《さら》ってきたからには、反乱軍の指導者《ロード》としてそれなりに対処《たいしょ》するしかない。

日増しに高まる王家への反感を察したリドワーンは、ついさきほど姫君のもとへ赴《おもむ》き、おかしな気を起こさないよう、軽く脅《おど》しつけてきた。

はじめて目にしたアマリア姫は、上質なアメシストのように深く澄《す》んだ、紫色の瞳を持つ娘だった。

よくもまぁ、これほど美しい姫君を攫《さら》ってきたものだと感心した。

ふっくらとした唇は形良く、果実《かじつ》のようにほの赤く色づいており、思わず口づけたくなる。手入れの行き届いた白い肌には黒子《ほくろ》ひとつない。抱き心地《ごこち》の良さそうな細い腰とは対照的に、胸元にはどきりとするほどの量感があった。

リドワーンの軽い脅《おど》しは、深窓育《しんそうそだ》ちのアマリア姫には相当堪《そうとうこた》えている様子だった。

寝台の隅《すみ》に逃《のが》れ、震えながらも気丈《きじょう》にこちらを睨《にら》み返してきた姫君の、あの表情は、憐《あわ》れを誘《さそ》うと同時に激しく情欲を掻《か》き立てるものでもあった。

あの表情は、やばい。

もともとが美しく気位《きぐらい》の高い娘が、自分の気まぐれひとつでどうにでもできる状況《じょうきょう》で震《ふる》えている。

部下たちの間では、すでにこの姫君の存在が話題になっている。

できることならば、あまり他の連中の目に触れないうちに解放してやりたい。

志願者たちが去った後、リドワーンは王家に対する書状《しよじよう》をしたためた。

内容は、アマリア姫を拘束《こうそく》している旨《むね》と、姫君解放の条件《じようけん》だ。

王国軍の捕虜《ほりよ》となっている仲間たちの身柄《みがら》と、アマリア姫の身柄《みがら》の交換《こうかん》——それが、反乱軍が王国側に突き付ける条件だ。

どうあっても仲間の解放を拒否《きよひ》されれば、身代金《みのしろきん》をむしり取ってあの姫君を返してしまえばいい。それなりの取り引きさえ成立すれば、解放してやれるのだ。

返答の期限は七日間とした。

それまでは大切な人質として、丁重《ていちよう》に扱《あつか》ってやればいい——

リドワーンは王家への書状を書き終え、蜜蠟《みつろう》で封《ふう》をした。

✿　✿　✿

アマリアが反乱軍に拘束《こうそく》され、七日間ほどの時が経過《けいか》した。

リドワーンはあれから一度もアマリアのもとを訪《おとず》れていない。

ここで唯一《ゆいいつ》、アマリアが接《せつ》する人間は、食事と身体を清めるための湯を運んでくる、あの茶色い髪の少女だけだった。相変《あいか》わらず口を利《き》いてくれないあの娘の名前すら、アマリアは知らない。

王女として生きてきたアマリアは、一人きりで身を清めたことはもちろん、一人で着替えをしたことすらない。それでも慣れない手つきで身を清め、着替えをすませたあとに、話し相手もないまま一人で食事を摂る。

その後は窓もないこの部屋で、今が昼であるのか夜であるのかさえわからない時間を、ただただ無為《むい》に過ごす。

そんな状況《じょうきょう》に七日間も置かれれば、心は荒《すさ》み、疲弊《ひへい》する。

一人きりの室内でうつむいていたところへ、久しぶりに茶色い髪の少女以外の人間が——リドワーンが訪《おとず》れた。

均整《きんせい》のとれた長身の、黒ずくめの格好《かっこう》をした彼は、やはり黒豹《くろひょう》を連想させる。

琥珀色の鋭い目で見つめられ、アマリアはとっさに身を硬くした。

と、リドワーンは手にしていた籐籠《とうかご》を持ち上げ、わずかに笑《え》みのようなものすら浮かべる。

身構《みがま》えるアマリアに、彼は、

「差し入れだ」

そう言って、テーブルの上に籐籠《とうかご》を置いた。中には葡萄酒《ぶどうしゅ》の瓶《びん》と、焼き菓子が入っている。

突然のことに、アマリアは目を丸くした。

リドワーンのほうを見上げると、彼は無言で籠《かご》の中から木製の杯を二つ取り出し、葡萄酒《ぶどうしゅ》を注《つ》いでくれる。

「安心しろ。毒も薬も入っていない」

言って、証明するように杯に注《そそ》いだ葡萄酒《ぶどうしゅ》に口をつける。

葡萄酒《ぶどうしゅ》から漂《ただよ》う果実《かじつ》の香りと、焼き菓子の甘い匂《にお》いに、アマリアは喉《のど》を鳴らした。

七日間、質素《しっそ》なスープと小さな黒いパンだけの食事をしていたアマリアからすれば、この上なく贅沢《ぜいたく》な嗜好品《しこうひん》に見える。

(でも、どうして?)

ちらり、ともう一度リドワーンの表情をうかがう。と、焼き菓子をひとつつまんで口に入れている。美味《おい》しそうだ。

少し考えて、アマリアは葡萄酒《ぶどうしゅ》の杯を手に取った。

「……いただきます」

そっと口に含むと、芳醇《ほうじゅん》な香りがふわりと広がる。

「美味しい……」

思わず、口元が笑みを形づくるのがわかった。

リドワーンもそれにつられたのか、表情を和《やわ》らげる。

「そうか。好きなだけ飲め」

もうひと口、葡萄酒《ぶどうしゅ》に口をつけると、ほぅっ、と緊張がほどけた。胸のあたりが、じんわりと温かくなる。

同時に、はらりと涙がこぼれた。

「あ、あら……？」

（……どうして？）

ぽろぽろぽろぽろぽろ、涙がこぼれて止まらない。

「いやだ…どうしたんでしょう、わたし……」

人前で涙を見せるなんて、王族としてあるまじきことだ。

わかってはいても、律することができないほどにこの七日間は辛《つら》くて孤独《こどく》だった。誰かと会話をすることにも、優しくされることにも飢《う》えていた。

ずっと、ひとりで寂《さみ》しかった——

そのことに、気付いてしまった。

「…………」

リドワーンは何も言わずに、アマリアの杯に葡萄酒《ぶどうしゅ》を注《つ》いでくれる。

どうしていいのかわからなくて、アマリアはさらにひと口、もうひと口と葡萄酒《ぶどうしゅ》をあおる。

「飲んでばかりだと酔《よ》うぞ。これも食べろ」

と、リドワーンが籠《かご》ごと焼き菓子を差し出してきた。

こんな小さな思いやりも、心にしみる。

「はい……」

小さくうなずいて、アマリアは焼き菓子をかじった。

王城で出されるお菓子のように、贅沢《ぜいたく》なバターの香りもしなければ、果実《かじつ》の味もしない。

それでもいまはこの素朴《そぼく》な風味の焼き菓子を、この上なく美味《おい》しく感じる。

ほのかに甘い焼き菓子をゆっくりと味わっているうちに、壊《こわ》れたようにこぼれ続けていた涙は止まっていた。

「落ち着いたか？」

「はい……」

恥ずかしいところを見られてしまった――

リドワーンのほうを、直視《ちょくし》できない。

目を逸《そ》らしてもじもじしていると、ふいにリドワーンが手を伸ばし、アマリアの顎《あご》を軽くつまんだ。正面から、彼の琥珀色《こはくいろ》の瞳を見つめさせられる。

無礼な振る舞いをされているはずだが、泣いているところを見られた気まずさで抗議《こうぎ》する気も起きない。

それに――なぜだかいまは、こうされることも不快《ふかい》に思わない。

思っていたほど怖い人ではないことがわかって、アマリアは彼に微笑《びしょう》すらしてみせる。

一瞬、彼がこちらに向けている視線に、憐《あわ》れな小動物でも見るような同情に満ちたものが混じる。

「……？」

どうしてそんな目で見るのだろう？

戸惑《とまど》っていると、ふっ、とリドワーンの瞳から感情が消えた。

「いまから俺のものになってもらう」

「え……？」

突如、リドワーンが動いた。

椅子《いす》から抱き上げられ、しなやかな筋肉の付いた腕の硬さにどきりとする。そのまま横抱《よこだ》きにされ、寝台のほうへ連れて行かれた。

寝台の上に仰向《あおむ》けで降ろされると、しゃり、と背面《はいめん》で藁《わら》の鳴る音がした。

「リドワーン、なにを……」

言葉をさえぎるように、リドワーンが覆《おお》いかぶさってくる。

はっとして正面からリドワーンを見ると、獲物《えもの》を捕食《ほしょく》する肉食獣《にくしょくじゅう》のような、無慈悲《むじひ》な目でこちらを見下ろしている。

『今から俺のものになってもらう』

さきほど、彼はそう言った——

(――リドワーンのもの、に?)

その言葉が意味することに気付いて、心臓が大きく音を立てた。

「……っ! 離してください……どうして……」

さっきまで、いっしょに葡萄酒《ぶどうしゅ》とお菓子を愉《たの》しんでいた。

(……どうして?)

豹変《ひょうへん》した彼に、気持ちがついてゆけない。

落ち込んでいるところを優しくしてもらえて嬉しかった。好意すら覚えた直後に、どうしてこんな酷《ひど》い仕打《しう》ちを?

リドワーンは妖《あや》しく輝く瞳で、怯《おび》えるアマリアの全身を眺《なが》めまわしてくる。

「状 況《じょうきょう》が変わった。どうしてもお前が欲しくなったんだ」

低い声音でささやかれ、アマリアは震えあがった。

このために、さきほどリドワーンは葡萄酒《ぶどうしゅ》と焼き菓子をアマリアに振る舞ったのだ。ウインディアの王女として生きてきたアマリアが、葡萄酒《ぶどうしゅ》と焼き菓子を餌《えさ》に籠絡《ろうらく》され、藁でできた寝台に押し倒されている――途方もない侮辱《ぶじょく》だった。

「いやです! いやっ……離しなさい!」

身をよじって抵抗《ていこう》すると、そのたびに張りのある豊満な乳房が揺《ゆ》れる。

「挑発《ちょうはつ》しているのか?」

「っ……！」

ぐっ、と下から持ち上げるように、乳房を鷲掴《わしづか》みにされた。

羞恥《しゅうち》と屈辱《くつじょく》とで、カッと顔が熱くなる。

「いやらしい身体《からだ》をしている」

「……離しなさいっ！　このっ、無礼《ぶれい》な……あっ！」

「無礼な——なんだ、姫君？」

こちらの抵抗を嘲笑《あざわら》うかのような声音に、カッとなった。

なんとかして、一矢報《いっしむく》いてやりたい——

「この……盗賊《とうぞく》！」

言い放った途端《とたん》、リドワーンのまとう空気が変わった。

この男がそう呼ばれることをひどく嫌《きら》っていることに、アマリアは気付いている。

アマリアは乱暴に顎《あご》を摑《つか》まれ、正面から彼の瞳を見据《みす》えさせられる。

「血の巡《めぐ》りの悪い姫様だ。何度言えばわかる？　俺たちは賊《ぞく》ではない。反乱軍だ」

「こんなやり方は……盗賊と変わりません」

屈辱《くつじょく》には、屈辱で対抗《たいこう》を——

そう思っての発言が、効きすぎた。

リドワーンの声音に、一気に怒気《どき》がこもる。

「なら、賊のように振る舞ってやろうか」

アマリアの胸のやわらかさを味わっていた指が、胸元を隠《かく》す衣服にかかる。

衣を引き裂く、高い音が響く。

白い乳房が、弾《はず》むようにこぼれ出す。

「っ！」

一瞬、頭の中が真っ白になった。

剝《む》き出しになった双乳に、リドワーンの視線が注がれている。

「いっ……いやっ……」

驚き、ふくらみを隠そうとすると、その手を摑《つか》み上げられてしまった。

「……み、見ないで……見ないでください……」

リドワーンが、薄く笑ったように見えた。

そのまま彼は、アマリアの胸元に、端整《たんせい》な顔を寄せてくる。

「何を……やっ……！」

薄紅色の乳頭に、彼の唇が触れた。ぞくり、と背筋が震える。

ふくらみの先端《せんたん》が、リドワーンの唇で覆《おお》われた。熱くぬめった粘膜の感触に驚いたように、乳頭が凝《しこ》って形をつくる。その先端部分を、リドワーンのざらりとした舌の表面が掠《かす》めている。

あまりの卑猥《ひわい》さに、気が遠くなりそうだった。

「……ああっ！」

くっ、と乳頭の付け根に軽く歯を立てられた。

びくん、と背筋が震える。同時に甘やかな戦慄《せんりつ》が全身を駆け抜け、その感覚にアマリアは怯《おび》えた。

「っ！　……やめて、ください……お願い、やめて……」

誇《ほこ》りもなにもかも捨てて、アマリアは懇願《こんがん》した。

けれど、リドワーンは訴えを無視し、ちゅっ、くちゅ、とアマリアの羞恥《しゅうち》を煽《あお》るように音を立てて、小さな乳頭を嬲《なぶ》っている。

そのいやらしい音と、無理やりに押さえつけられて、身体《からだ》を貪《むさぼ》られているという現実に、気がおかしくなりそうだった。

けれどそれ以上に、身体《からだ》の奥底から、未知の感覚が目覚めさせられてゆくことが怖ろしい。

自分の身体《からだ》が、自分の意志とは関係なく、リドワーンから与えられる刺激に反応している――身体《からだ》が、心を裏切ってリドワーンに媚《こ》びてでもいるかのようだった。

（ギル――）

心の中で、愛しい恋人の名を呼んだ。

いつかギルフォードに、優しく奪われるはずであった純潔が、無慈悲《むじひ》に蹂躙《じゅうりん》されてゆく。

胸はつぶれそうに痛むのに、身体《からだ》はいやらしく反応してしまっている。

その事実が、残酷なまでにアマリアを打ちのめした。

「やめて……お願いですから……」

哀願《あいがん》する声は、みっともなく掠《かす》れている。

リドワーンは、肉厚な舌で弄《もてあそ》んでいた乳頭を解放し、小さく笑った。

「ずいぶんと感じやすい。淫乱《いんらん》な姫様だ」

(――淫乱《いんらん》？)

それが自分に向けられた言葉だと、認識するのに少しの時間が必要だった。

途方《とほう》もない屈辱だった。

アマリアは精一杯《せいいっぱい》の力を込め、リドワーンの瞳を見返した。

「取り消してください……わたしは、そのような者では――」

「さぁ、どうだろうな」

リドワーンが、鼻で笑う。

いきなり乳房の先端《せんたん》をつままれ、二本の指でひねられた。

「あっ……」

きゅうっ、とその部分が凝《しこ》るのを感じてしまう。それを意識させるかのように、彼は尖《とが》ってしまった乳頭を執拗《しつよう》にいたぶってくる。

「いやっ……やめ、やめて……」

「感じているじゃないか。こんなに硬くして」

「……んっ」

吐息が、赤く充血した乳頭に触れた。そのせいで、余計にその部分が敏感《びんかん》に反応してしまう。

「……もう、許して……ください……」

「無理だな。焚《た》き付けたのはお前だ」

リドワーンの指が、アマリアの下肢に伸ばされる。

「……いや──」

下着に手をかけられ、そのまま脚の間の敏感な部分に、彼の指先が触れた。

「──っ！ いやっ！ いやっ……」

リドワーンは指の腹で、容赦《ようしゃ》なく秘裂の内部を探ってくる。粘膜《ねんまく》でできたその部分を、男の無骨《ぶこつ》な指がまさぐり、やがて、蜜口を探り当てられる。

「っ！ ああっ……！」

くっ、と指先を、蜜口の中へ突き入れられた。

誰にも触れさせたことのない秘肉の中に、ごつごつした硬い指が侵入してくる。

「狭《せま》いな。押し返してくる」

「いやっ！　やめて、痛いっ……！」

「じきに慣れる」

「お願い、やめて…ください……もう、やめて……」

誇《ほこ》りも矜持《きょうじ》も、なにもかもどうでもよかった。

ただ、怖ろしくて仕方がない。

アマリアをいたぶって、楽しんでいるこの男のことも、こんな最低な振る舞いをされて反応している自分の身体《からだ》も──なにもかもが、得体《えたい》が知れない。

「……いやっ……いや──」

「もの欲しそうに濡《ぬ》れている。もっと欲しいんだろう？」

「…そんなことっ……あっ、あぁっ！」

必死で首を横に振って否定した。

けれども、リドワーンに指を突き入れられ、かき回されている肉洞からは、淫《みだ》らな蜜がこぼれ、くちゅり、くちゅり、といやらしく濡《ぬ》れた音が聞こえてくる。

「嘘《うそ》つきには折檻《せっかん》が必要か」

「……ひぁっ！」

蜜口を押し広げるようにして、さらにもう一本の指が蜜道に侵入してくる。みちみちと、肉の隘路《あいろ》を割り開き、節の太い指が無理やりに内部へ突き入れられる。

「美味《うま》そうに飲み込んでしまったな。しかし、これでは折檻《せっかん》にならない。淫乱姫《いんらんひめ》には、辱《はずかし》めも褒美《ほうび》になってしまったようだ」

熱のこもった低い声音で言いながら、二本の指で狭《せま》い肉洞の中を、ゆったりと往復させはじめた。

「……やめて……うぅ……あぁ……」

肉洞の内部が、ずぐずぐに犯されてゆく。

そうされているうちに、恐怖と屈辱《くつじょく》と、痛みしか感じていなかった身体《からだ》の奥で、甘い痺《しび》れが生じた。

戸惑《とまど》い、息を呑むと、彼はそのことに気付いているかのように、琥珀色の瞳を妖しく細めた。

突き入れられた指で、抽挿する動きをくり返されているうちに、蜜道全体にじんわりと甘い疼《うず》きが広がりはじめる。

「あっ……」

唇から漏《も》れた吐息に、かすかな甘やかさが含まれていたことに、リドワーンはきっと気付いている。

軽く乳頭に歯を立てられると、熱を伴《ともな》う疼《うず》きが、甘嚙《あまが》みされた箇所《かしょ》を中心に、全身に広がってゆく。

「いや…助けて──」

このままでは、狂わされてしまう。

「助けて、ギル……」

恋人の名を口に出した瞬間、涙が溢《あふ》れた。

乳頭を覆《おお》っていた熱いぬめりが、ふいに離れる。唾液《だえき》に濡れた突起《とっき》が空気に触れて、ひやりとした。

「ギル？」

「……ギル、助けて……」

「恋人の名か？」

問われ、小さくうなずいた。

「……純潔《じゅんけつ》は、ギルに……だから…もう、これ以上は……」

クッ、とリドワーンが笑った。

「その男はどうかしている。お前のようないやらしい身体《からだ》の女を目の前にして、生娘《きむすめ》のままにしておいたのか」

恋人をなじられ、カッと頭に血が昇《のぼ》った。

「！　ギルはっ……騎士《きし》だもの！　あなたみたいな盗賊《とうぞく》とはちがうっ……」

ぬるり、と内部をいたぶっていた男の指が引き抜かれた。

責め苦から解放され、一瞬、アマリアは全身の力を抜いた。が。

「馬鹿《ばか》な姫君だ」

言って、リドワーンは自らの上着をするりと脱いだ。

しなやかな筋肉で覆《おお》われた身体《からだ》には、無数の傷跡《きずあと》があり、アマリアは息を飲む。

リドワーンが妖しく微笑《びしょう》し、傷だらけの浅黒《あさぐろ》い肌をアマリアの白い身体《からだ》に密着させてくる。

男の硬い胸板に、張りのある双乳が押しつぶされる。

「そんなふうに言われると、どうしてもその男からお前を奪《うば》ってやりたくなるじゃないか」

「あっ……」

「男の肌を感じるのは初めてか？」

そのささやきが、途方《とほう》もなく淫靡《いんび》に聞こえた。

若木のような瑞々《みずみず》しい肌の匂《にお》いと温度、それに鼓動《こどう》が伝わってきて、アマリアは混乱した。

胸の中心が熱くなり、鼓動《こどう》がどんどん速くなる。

押し離そうと両手でリドワーンの胸を押すも、びくともしない。

いたたまれなくなって目を逸《そ》らしても、リドワーンが少しでも動けば、乳頭が密着した彼の素肌《すはだ》にこすれて、じれったいような快感が奔《はし》る。

「美味《うま》そうに色づいたな」

言って、リドワーンはアマリアの片方の乳房をすくい上げるように持ち上げると、赤みの差した乳首を唇に含《ふく》む。

「っ！　ひゃっ……」

そうやって乳頭を舌先で転がしながら、ふたたび秘裂にも手を伸ばし、陰唇を押し開いた。

ぐんっ、長い指を、二本同時に突き入れてくる。

「っ――！」

「こっちもとろとろに蕩《とろ》けている。ここに男が欲しくて仕方がないんだろう？」

「――……あっ、ああっ！」

内部で指をかき回すような動きをされた。同時に、くちゅり、と卑猥《ひわい》な水音が上がる。

「よく聞けよ。お前の漏《も》らした蜜の音だ。ほら――」

くちゅ、ぐちゅ、つぷ――

聞くに堪《た》えないいやらしい音が耳につく。

「どうした？　お前が感じている音だ」

隘路《あいろ》の奥をまさぐられると、理性が飛びそうになるほどに敏感な箇所《かしょ》に当たった。

「あっ！　あぁっ――」

感じやすい場所を探り当てたリドワーンは、そこばかりを何度も刺激してくる。

そのたびに、白い裸体《らたい》がびくびくと反応し、誘《さそ》うように双乳が揺《ゆ》れた。

「…い……いや、いやっ！　……あぁっ……」

屈辱《くつじょく》と快楽の狭間《はざま》で身悶《みもだ》えするアマリアに、リドワーンはさらに追い打ちをかけてくる。

「今のお前の姿を見て、お前の恋人はどう思うだろうな」

「っ！　……いや……そんな、そんなの……」

こんな姿を見られては、きっと口も利《き》いてもらえないほどに軽蔑《けいべつ》されてしまう。

「それもすぐに忘れさせてやる」

内腿《うちもも》に、熱く硬い何かが触れた。

それがアマリアの純潔《じゅんけつ》を散らすものだと気付き、必死で抵抗《ていこう》する。

「——触《さわ》らないで！　だめっ……」

蜜口に、熱い切っ先があてがわれる。

恐怖で全身が震えはじめる。

「…だめ——やめて…ください……それだけは——」

見上げたリドワーンの瞳には、異様ともいえる爛々《らんらん》とした光が宿っている。情欲を滾《たぎ》らせた雄《おす》そのものの目だった。

逃《のが》れられない。

あとはもう、彼の欲望のままに捕食《ほしょく》されるだけだ。

耳たぶに、リドワーンの熱い吐息がかかる。

「——発情した牝《めす》の匂《にお》いがする。こんなふうに男を誘《さそ》っておいて、やめられるはずがないだろう」

「いや……」

蜜口に、ぐんっ、と圧力がかかる。

指先とは比《くら》べ物にならない熱と質量《しつりょう》を持ったそれが、アマリアの柔肉をいっぱいに押し広げながら、ずぶずぶと侵入してくる――

「いっ……いやっ、いやぁっ……！」

引き裂かれるような痛みに、アマリアは泣き叫《さけ》んだ。

灼熱《しゃくねつ》の肉塊が、アマリアの蜜道をみちみちに満たしながら、無理やりに押し入ってくる。

「狭《せま》いな――」

恍惚《こうこつ》としたリドワーンの声。

直後、ぐっ、と一気にアマリアの最奥を突いた。

「……あっ！」

奥の奥まで熱い塊《かたまり》でぎちぎちに満たされ、アマリアは完全に征服《せいふく》された。

密着した肌から、男の鼓動《こどう》が伝わってくる。

何もかも、奪《うば》われてしまった――

恐怖と屈辱《くつじょく》と、純潔《じゅんけつ》を失った痛み、それに恋人への罪悪感《ざいあくかん》で、胸がつぶれそうだった。

リドワーンはアマリアの耳殻《じかく》を軽く噛《か》み、熱い吐息を吹き込んでくる。

「下衆《げす》な賊風情《ぞくふぜい》に犯される気分はどうだ」

「……う……あっ……」

陰部をいっぱいに満たす熱い塊が、媚肉の隘路《あいろ》をゆっくりと往復する。

痛みしか感じられなかった柔肉が、甘い痺《しび》れを帯《お》びてきて、アマリアは身をよじる。

「……んっ……あっ……あぁっ……」

(——なに、これは……)

「嬉しそうな声で鳴く。高貴な姫君は、賊《ぞく》に犯されるのがお好みらしい。こんなふうに
——」

「——！」

蜜道を突き上げられ、身体《からだ》が跳ねた。

欲望に滾《たぎ》った雄芯で、さきほどまで無垢《むく》そのものであった身体《からだ》を、執拗《しつよう》なほどに穿《うが》ってくる。

圧迫感に耐えきれず、アマリアは悲鳴を上げた。

「——い…いやっ！　やっ……あぁっ……！」

感じたくもないのに押し寄せてくる甘い官能の渦《うず》に、抗《あらが》うことができない。

王女としての誇《ほこ》りも、純潔《じゅんけつ》も、なにもかもが踏みにじられてゆく。

「……ギル……」

もう一度恋人の名を口にする。

と、リドワーンが動きを止めた。

アマリアの頬に、髪に触れ、まるで睦言《むつごと》のようにささやいてくる。

「ひどい恋人だ。お前がこんな辱《はずかし》めを受けているというのに、助けにも来ない」

助けにも来ない――

その一言《ひとこと》で、アマリアの中で何かが壊《こわ》れた。

「うそ……」

「よく見せてやろうか。今、自分の身に何が起こっているのか――」

アマリアは繋《つな》がったままの腰を持ち上げられ、結合した陰部を見せつけられた。

真っ白いアマリアの肌と、リドワーンの引き締まった浅黒《あさぐろ》い肌が、交錯《こうさく》している。

誰にも見せたこともない秘部に、男の欲望の塊《かたまり》が埋《う》め込まれている――

あまりのいやらしさに、眩暈《めまい》がした。

ゆっくりと、リドワーンが腰を動かす。

ぐちゅり、と蜜口が音を立てた。

「あっ…あぁっ……!」

つぷ、ぐしゅ、と濡《ぬ》れた音に、鼓膜《こまく》まで犯されてゆくようだ。

「聞こえるだろう？　お前が男に犯されて、感じている音だ」

胎内で、リドワーンの分身が動いた。

そのたびにまるで潮《しお》が満ちるように、穿《うが》たれた部分から快感が広がってゆく。

唇から、自分のものとは思えないほどに甘ったるい声が漏《も》れる。

「…あ……ぁあ……んっ……」

「気持ちいいんだろう？」

「……んっ、あぁ……あぁん……ふぅん……」

「認めろよ。淫乱《いんらん》」

「……っ！　あっ！　あっ…あぁっっ——」

いつしか、思考は麻痺《まひ》していた。

快楽に支配された身体《からだ》が、リドワーンに与えられる刺激《しげき》に合わせてひくひくと反応する。

「いくらでも抱いてやる。だからもう、助けにも来ない恋人のことは忘れろ」

「……い…や、だめ……ギル——あぅ…」

ひときわ強く内部をこすり上げられ、びくん、と背中が反《そ》り返った。

反った背にリドワーンの腕がまわされ、力任せに抱き寄せられる。

「そうか。なら、忘れるまで犯し続けてやろう」

「ふぅ…ふぅん——いやぁ……」

羞恥《しゅうち》も屈辱《くつじょく》も、途方《とほう》もない快感の渦《うず》に押し流された。

絶《た》えることなく与えられ続ける、責《せ》め苦《く》にも似た淫靡《いんび》な刺激に、アマリアは翻弄《ほんろう》されるしかなかった。

✿ ✿ ✿

目を覚ますと、木でできた天井の梁《はり》が目に入った。
藁《わら》を敷《し》いた寝台のせいで背中がチクチクする。
身体《からだ》が重くてだるい。それに、寝汗のせいだろうか、肌がべとついている。
(わたし……どうして裸《はだか》で……えっ？)
半身を起こそうとすると、下腹部に鈍《にぶ》い痛みが走った。
「痛っ……」
その痛みで、一気に記憶《きおく》がよみがえる。
昨夜、リドワーンと名乗る反乱軍の首領《しゅりょう》がここへ来て、それから――
(――えっ……)
ドクン、と心臓が大きく震える。
自身に降りかかった悪夢を思い出し、アマリアは戦慄《せんりつ》した。
(嘘《うそ》――嘘《うそ》よ、あんなのは――全部夢よ……)

信じたくない。

記憶から目を背《そむ》けようとするも、寝台の敷布に赤黒い染みができているのを見てしまった。散らされた純潔《じゅんけつ》の証《あかし》だ。

(あっ……)

昨夜の出来事は間違いなく現実だった——

(あれが、全部本当に起こったこと……?)

白い素肌《すはだ》を弄《もてあそ》んだ、無骨《ぶこつ》な男の指の感触《かんしょく》が生々しくよみがえる。身体中《からだじゅう》に、リドワーンの香りが残されているような気がする。

「ひどい……こんなの……」

もう、自分は乙女ではない。この身は、あの黒豹《くろひょう》のような男に蹂躙《じゅうりん》されてしまった。

——純潔は、ギルフォードに捧《ささ》げたかった。

屈辱《くつじょく》と後悔《こうかい》と、ギルフォードに対する罪悪感で、胸が焼けるように熱い。

「ギル——」

恋人の名を口にした直後。

がちゃり、と扉の鍵《かぎ》を開ける音がした。

(ギル!? ……あっ……!)

やってきたのはギルフォードではなく、ひとりの少女だ。

くるくるした金色の髪を、少年のように短くしているその娘は——

「エナ！」

姿を見せたのは、アマリアのお気に入りの侍女であるエナだった。

(どうしてエナがここへ？　助けに来てくれたの？)

エナは硬《かた》い表情で、湯を張った桶《おけ》と、拭《ふ》き布とをアマリアのほうに差し出してくる。

「これで身体《からだ》を拭《ふ》いてください」

「えっ、ええ……」

思わず、差し出された拭き布と、エナの顔とを交互《こうご》に見てしまった。

早くここから逃げ出さなければならないのに——でも、身体《からだ》を清めたいのも事実だ。

アマリアは拭き布を受け取り、自らの身体《からだ》をそっと拭いた。

「エナ、助けに来てくれてありがとう。でも、どうやってここへ？」

問いかけに、エナが唇を歪《ゆが》めて笑った。

それが、嘲笑《ちょうしょう》、と呼ばれる部類《ぶるい》の笑みであることに気付く。

「……エナ？」

「本当に馬鹿《ばか》な女」

「どういう意味です？」

エナが、鼻で笑う。

「まだ気付かない？　じゃ、わかりやすく言ってあげる。あたしは反乱軍のひとりで、いままであんたを拉致《らち》する機会《きかい》をずっとうかがってたのよ」

「エナ……？」

気さくで物怖《ものお》じしない、頭のいい娘だと思っていた。

「あなたが、わたしを……？」

——信じられない。

「早く身体《からだ》を拭《ふ》きなさいよ。男の匂《にお》いがぷんぷんするわ」

そう、侮蔑《ぶべつ》を隠《かく》しもしない声音で言い放つ。

エナは、アマリアが昨夜、純潔《じゅんけつ》を奪《うば》われたことも知っている。ここに連れてこられた時点で、アマリアがそういう目に遭《あ》うであろうことも、予想できていたはずだ。

「エナ、あなた——」

ギルフォードという恋人がいることも知っているはずだ。秘密の恋を、応援してくれているものだとばかり思っていた。それなのに。

「どうしてこんな……酷《ひど》すぎるわ！」

感情が爆発した。涙が溢《あふ》れた。

何も言わずに佇《たたず》んだままのエナが、いったい何を考えているのかわからない。

「あなただって、女の子でしょう!?　これがどれほど辛《つら》いことか……想像くらいはできたはずよ！」

「うるさいのよ、淫乱《いんらん》！　昨日の夜は、リドに抱かれてさんざん悦《よろこ》んでたくせに！」

「！　悦《よろこ》んでなんか……」

「はっ！　よく言うわ！　廊下《ろうか》まで声が響いてたわよ。あんたがこんな淫乱《いんらん》だって知ったら、ギルフォード卿《きょう》はなんて思うか……」

指摘されて、ぞっと胸が冷えた。

彼にだけは、知られたくない。

「貴族様って、結婚まで処女《しょじょ》でなくちゃいけないんでしょ？　あたしたち平民には理解できないけど……あんたはもう、恥ずかしい身体《からだ》になっちゃったわけね」

「……やめて……」

「せいぜいリドに飽《あ》きられないことね。飽きられたらもっと悲惨《ひさん》よ？　下《した》っ端《ぱ》の連中に引き渡されて、眠る間もなく犯され続けるんだから。何十人もの男に代《か》わる代《が》わる――」

「もう、やめてっ！」

恐怖で、身体《からだ》が震えていた。そんなことになるくらいなら、死んでしまったほうがいい。

ふんっ、と、エナが見下したように笑う。

「さっさと身体《からだ》を拭くのね」

言い捨てて、エナが部屋を出てゆく。

直後に、外側から鍵《かぎ》をかける音がした。部屋には窓もなにもなく、逃げ場所などどこにもない。

「……ギル……」

彼に会いたい。

けれどもう、自分は彼にふさわしい乙女ではない——

（嫌《いや》っ……！）

アマリアは、エナの置いて行った湯に拭《ふ》き布を浸《ひた》すと、蹂躙《じゅうりん》し尽くされた身体《からだ》を拭《ふ》いた。

肌の上に残された男の匂いと形跡《けいせき》を消そうと、必死で身体《からだ》をこすった。

「——っ！」

乳頭に触れたとき、かすかに痛みを感じ、アマリアは眉《まゆ》をひそめる。

執拗《しつよう》に愛撫《あいぶ》された蕾《つぼみ》は、いつもよりも赤く腫《は》れている。

（あっ……）

とたんに、指先から力が抜けた。

時間は戻らない。いくら身を清めても、もう乙女には戻れないのだ。

残酷すぎる現実だった。

アマリアは深く息を吐き、自身の身体《からだ》をそっと抱《いだ》く。

ひどい屈辱《くつじょく》と苦痛《くつう》を味わわされたというのに、ここから全身に広がった、あの熱く甘い疼《うず》きはなんだったのだろう。あれが官能というものなのだろうか。

リドワーンの淫靡《いんび》なささやきが、生々《なまなま》しくよみがえる。

『お前は男に犯されて、感じているんだ』

「！　そんなことっ……」

ちがう、と断言《だんげん》できないのは、あの感覚が『感じている』ということなのだと、わかってしまったからだ。

『あんたがこんな淫乱だって知ったら、ギルフォード卿はなんて思うか……』

嫌悪《けんお》も露《あら》わなエナの声が耳の奥で再生され、アマリアは震えあがった。

こんな身体《からだ》にされてしまったとギルフォードに知られたら、きっと軽蔑《けいべつ》されてしまう。

そう思うと涙が出た。溢《あふ》れて、止まらなかった。

✿　✿　✿

アマリアを抱いた翌朝。

仲間たちのもとへ顔を見せたリドワーンに、四方八方《しほうはっぽう》からはやし立てる声が飛んできた。

「よぉリド！　昨日はお楽しみだったなぁ？」

「抱き心地《ごこち》はどうだったよ？　えぇ？」

「あの顔と身体《からだ》、たまんねぇよなぁ」

「なぁ、本当に処女だったか？」

仲間たちの品のない問いかけに、かすかに嫌悪《けんお》を覚えた。

アマリア姫の拉致《らち》を、仲間たちが敢行《かんこう》したのは、七日前のことだった。

姫君を人質に王国側へ要求したのは、王国軍に捕らわれている仲間たちの解放であった。

しかし昨日、国王から返ってきた答えは、断固《だんこ》とした拒絶《きょぜつ》だった。

送られてきた書面には、他の条件が提示《ていじ》されているでもなく、代わりに身代金《みのしろきん》を支払うとも記載《きさい》されていなかった。

王国側は、アマリアを見捨《みす》てると言ったも同然だ。

現在のウインディア王国の在《あ》り方《かた》に、恨《うら》みや不満を持つ若者が集まって作られたのが反乱軍だ。

そこに王族の血を引く娘を放り出せば、死ぬよりも酷《むご》い目に遭《あ》わされることは目に見えているであろうに。

「なぁ、リド。あのお姫様さぁ……」

「オレたちにも——なぁ？」

仲間たちが下卑《げび》た目配せをしながら、愛想《あいそ》笑いを浮かべる。

こうなることは、誰にでもわかるはずだ。

「あれは俺の専用にする」

宣言すると、仲間たちの顔に落胆《らくたん》の色が広がる。

反乱軍において、リドワーンの取り決めは絶対だ。それでもよほど期待《きたい》していたのか、食《く》い下がってくるのも一人いた。

「なんだよ。いいじゃねぇか、ちょっとくらい――」

不満を口に出したその男を、リドワーンは軽く睨《にら》みつける。

ぎくり、と男がすくみ上がる。

リドワーンは静かな声で、仲間であり部下でもある目の前の男を威嚇《いかく》する。

「ここの指導者《ロード》は誰だ？」

「……リドだ。わかった、悪かったから……」

男がすごすごと引き下がったのと同時に、部屋に髪の短い娘がやってきた。

今日からアマリアの世話《せわ》を任《まか》せることにした、エナという娘だ。

エナはまなじりを吊《つ》り上げ、不機嫌《ふきげん》さを隠《かく》しもせずに言う。

「お姫様は食事を口にしたくないそうよ。あたしたちみたいな平民の用意した食べ物は、お上品なお口には合わない～っ、てわけ？　ふざけるんじゃないわよっ！」

「何ぃ、ワガママなお姫様だ！」

「悪いお嬢ちゃんだ、お仕置《しお》きしてやれ！」

たちまちに男たちが色めき立つ。

食事を摂《と》りたがらないのは、アマリアなりの抗議《こうぎ》なのか。それとも、処女《しょじょ》を失った衝撃《しょうげき》で、食べ物が喉《のど》を通らないでいるのか。

と、側近《そっきん》の一人がリドワーンの傍《そば》に立ち、

「リド、ある貴族から資金援助《しきんえんじょ》の申し入れがあった」

「そうか。詳《くわ》しく聞かせてくれ」

反乱軍が烏合《うごう》の衆《しゅう》とはいえ、軍隊は軍隊だ。動かすには途方《とほう》もない金がかかる。

その貴族との面会日時をすぐさま指定する。

間を置かず、別の側近が声をかけてくる。

「リド、食糧《しょくりょう》の備蓄《びちく》のことだが――」

こういった雑務《ざつむ》もひとつひとつ片付けてゆくしかないのも痛いところだ。

他にもやることは山積《やまづ》みだ。この調子では、アマリアのもとへ行けるのは、日付の変わったあとになるだろう。

✿　✿　✿

アマリアの監禁《かんきん》されている一室には、窓がない。

故《ゆえ》に、いまが昼なのか夜なのか、それすらもはっきりとはわからない。

エナが「夕食よ」とそっけなく置いて行った豆のスープと黒っぽいパンは、とっくに冷めて固くなっている。食事なんて、とても摂《と》る気になれない。

あれからかなりの時間が経っている気がするが、エナは夕食の皿を回収に来ない。

がちゃり、と部屋の鍵《かぎ》を開ける音がし、扉が開く。

入ってきた長身の男は、リドワーンだ。

とっさに、アマリアは身を強張《こわば》らせた。

改めて見ると、彼は精悍《せいかん》な整った顔立ちをしている。それに、すらりとした筋肉質な体軀《たいく》も均整《きんせい》がとれていて美しい。反乱軍などという一歩まちがえれば盗賊《とうぞく》と変わりのない集団を率《ひき》いているというのに、どこか貴族的な雰囲気すら漂《ただよ》わせている。

ふいにアマリアは、彼から目を逸《そ》らした。

(わたしは昨日、この男に——)

昨夜のことを生々しく思い出し、顔と身体《からだ》が熱くなる。

この熱は、昨夜感じた怒りのせいか、屈辱《くつじょく》のせいか、羞恥《しゅうち》のせいか——それとも、無理やりに呼び起こされた官能のせいなのか——

リドワーンは放置されたままの食事の皿に視線を落とす。

「食事に手を付けていないのか」

「……食欲がありません」

目を合わせずに答える。

と、リドワーンが固くなったパンを手に取り、

「そうか。なら、口移《くちうつ》しででも食べさせる」

さらりと言われ、アマリアは狼狽《ろうばい》した。

「！　だ、だめ！　わかりました、ちゃんと、食べますから……」

昨夜、純潔《じゅんけつ》は失ってしまった。けれど、唇《くちびる》を重《かさ》ねたのはギルフォードだけだ。唇だけは、ギルフォードにしか触れさせたくない。

豆のスープと黒いパンという簡素《かんそ》な食事は、この七日間で嫌《いや》というほど口にしている。けれど、空腹は最高の調味料とはよくいったもので、悲しくなるほど美味《びみ》に感じた。

「美味《うま》そうに食べる」

「……一日、何も食べていませんでしたから」

「お前を見ていると、俺も腹が減《へ》ってきた」

言うなり、リドワーンはアマリアを寝台に押し倒してきた。

「つ！　お腹が空《す》いていると……」

「ああ。だから食事をする」

リドワーンの手が、胸元にかかる。そのまま衣を引き下げられ、乳房だけをむき出しにさ

れた。

リドワーンは露出《ろしゅつ》した白い双丘に顔を近付け、小さな蕾《つぼみ》を口に含《ふく》んでくる。

熱い粘膜《ねんまく》に、敏感《びんかん》な箇所《かしょ》が覆《おお》われる感触《かんしょく》に、背筋がぞくりと震えた。

「……やっ……」

リドワーンは、まるで極上《ごくじょう》の飴《あめ》でも味わうかのように、先端《せんたん》の突起《とっき》にねっとりと舌を絡《から》めてくる。

「！　……やめてください……あっ！」

抗議《こうぎ》に、一瞬リドワーンが顔を上げる。

「こんなに美味《うま》い乳を、そう簡単《かんたん》に離せるか」

ちゅくっ、と大きく音を立てて吸い上げられた。

かぁっ、と、自分の顔が赤くなるのがわかった。

「だ、だめ、やめてください……わたし……」

また、おかしくされてしまう。

必死で抗《あらが》うも、リドワーンの腕はびくともしない。

「どうした？　もう感じているのか？」

「ちっ…ちがいますっ……！」

左の乳首に口づけられながら、もう片方の乳房を荒々《あらあら》しく揉《も》みしだかれた。そうしながら彼は、指先で乳頭を軽く弾《はじ》き、つまみ、強弱をつけて表面を擦《こす》り上げてくる。

彼の口内で弄《もてあそ》ばれているほうの乳頭は、甘い刺激《しげき》に応えて、ぷっくりと勃《た》ち上がっている。

「…やっ……あっ……！」

また、あの甘い疼《うず》きが呼び起こされ、アマリアは泣きたくなった。

(どうして、こんなに……淫《みだ》らになってしまったの――？)

唇を噛《か》みしめて身体《からだ》を固くするも、リドワーンは巧《たく》みにその緊張をほどいてゆく。淡く色づいた乳輪と、白い肌との境目《さかいめ》を舌先でなぞるように舐められると、ここが感じる部分なのだと思い知らされているような気分になる。

「……だめっ、やめて……あぁっ……」

感じるたびに、ギルフォードの愛した清純《せいじゅん》なアマリア姫から遠くなってゆく。

「だめっ、離して……ギル……」

ギルフォードの名前を出した途端《とたん》、ふいにリドワーンが動きを止めた。

かと思うと、アマリアの唇を軽くつまみ、

「その名を口にするな」

まっすぐにこちらを見つめてくる視線は尖《とが》っていた。

「……じゃあ…もう、やめてください……」

「それは無理だ」

「あっ……」

首筋《くびすじ》に口づけられ、アマリアはぞくりと身を震わせる。

リドワーンの唇が首筋《くびすじ》を伝い降り、再び胸の中心を弄《もてあそ》びはじめる。

「……あっ……あっ…あぁ…やぁん……」

いたぶられているのは乳頭だけだ。それなのに、快楽を知ったばかりの秘所が、もの欲しそうにひくひく疼《うず》いている。アマリアは無意識のうちに、自身の腰を揺《ゆ》らしていた。

「本当にいやらしい姫様だ。男を欲しがって、腰を振っている」

つと、リドワーンの指が太腿《ふともも》に触れた。

下着をおろされる感覚に、アマリアは怯《おび》える。

「……やっ……」

弄《もてあそ》ばれることに恐怖を感じている反面、官能への期待《きたい》で、陰部がさらに愛液を分泌《ぶんぴつ》したのがわかった。

リドワーンの指先が、恥丘の上で止まる。

「ここも苛《いじ》めて欲しいんだろう」

アマリアは大きく息を吐き、だまって首を横に振った。

リドワーンが、甘い声音で誘惑《ゆうわく》してくる。

「意地を張るな。素直《すなお》になれ」

「……いや…だめっ……ギル……」

次の瞬間。リドワーンのまとう空気が豹変《ひょうへん》した。

突然、アマリアは両脚を開かされ、秘部を晒《さら》された。

驚くよりも先に、リドワーンの熱く硬い塊《かたまり》が、媚肉の狭間《はざま》にねじ込まれる。じゅうぶんに熟《う》れる前に貫《つらぬ》かれた媚肉に、きしむような痛みが走る。

「……──っ！」

小さく上げかけた悲鳴は、最奥まで一気に貫《つらぬ》かれた衝撃《しょうげき》にかき消された。

なんの前触《まえぶ》れもなく貫《つらぬ》かれた痛みで、涙が溢《あふ》れる。

「……い、痛っ……い……」

頬《ほお》を伝った涙を、リドワーンの薄い唇がすくう。

「その男の名を口にするなと言っただろう？」

言って、リドワーンは媚肉をえぐるようにして、ぐんっ、と荒々《あらあら》しく突き上げてくる。

「……っ！　ひぁっ！」

跳《は》ね上がりそうになる身体《からだ》をきつく抱きしめられ、さらに激しく奥を突かれた。

何度も何度も、奥の奥まで執拗《しつよう》に突かれ、アマリアは小さな胎内でリドワーンの情欲を受け止め続けるしかなかった。

「っ！　うっ……あっ、あっあっあっ…あぁっ！」

逃げ場のない衝撃《しょうげき》が、身体の奥に溜《た》まってゆく。いきり立った雄肉で蜜道を埋《う》められ、何度も何度も媚壁をこすられているうちに、痛みよりも甘い痺《しび》れをともなった快楽に全身が支配されてゆく。

結合した秘処から、快楽の証《あかし》である淫液のかき回される卑猥《ひわい》な水音が聞こえてきて、いたたまれない。

リドワーンの荒《あら》い吐息が、耳たぶにかかる。

「激しいのもお好みなようだな。これは調教《ちょうきょう》し甲斐《がい》のある――」

「うっ……ううっ……あぁっ…んっ…！」

いつしか、アマリアの理性は壊《こわ》されていた。

ただ、彼に与えられる刺激に、身体《からだ》はびくびくと反応し、唇から淫《みだ》らな声が漏《も》れる。

「――このまま…俺でなければ感じられない身体《からだ》にしてやるよ」

「……や…めて……あっ！　あぁんっ！」

「いいぞ、もっといやらしい声で鳴いてみろ」

「……ひっ！　あぁっ、あっあっあぁあっ……」

あまりの快楽に、腰ががくがくと痙攣《けいれん》する。蜜道が、きゅうきゅうと収斂《しゅうれん》するのを感じた。

くっ、とリドワーンが一瞬、切なげな声を上げた。

「ああ、締め付けてくる……こんなに激しくされて、達《い》きそうなのか？」

「だめ…だめっ……だめっ！　あっっ――！」

びくんっ、と大きく身体《からだ》が跳《は》ねる。

頭の中が真っ白になった。

「達《たっ》したようだな」

「……ふっ、ふぅん……」

ふぅっ、と全身から力が抜け、リドワーンに寄り掛《か》かるような形になった。

心臓がどくどくと脈《みゃく》打っている。

彼の鼓動《こどう》もまた、早い。

そのままアマリアは、大きく肩で息をする。

リドワーンはアマリアのセピア色の髪に指先を絡《から》め、頬《ほお》に口づけてくる。

「――いまのお前は、美しい。こんな表情《かお》は、お前の恋人でも見たことがないだろう」

「……ん……」

ゆっくりと、身体《からだ》の中でリドワーンが動く。

達してしまったアマリアに対し、彼には果《は》てる気配がまったくない。

ゆっくりとした刺激に、快楽の余韻《よいん》がさらに深まる。

「…あぁん……」

彼の動きに合わせるように、アマリアもゆったりと腰を動かす。

無意識に身体《からだ》が反応していた。

「可愛《かわい》い姫君だ……夜は長い。これからもっともっと悦《たの》しませてやろう」

赤くなった乳頭に、ちゅっ、と口づけられた。

全身を満たす甘い熱が、ふたたび昂《たか》ぶりはじめる。

「…あっ…ふぅ…ん……」

快楽の火が、身体《からだ》じゅうを巡る。思考はこの炎に焼き尽《つ》くされ、すでに機能《きのう》していない。

アマリアは、まるで彼のための楽器のように、リドワーンの技巧《ぎこう》に反応し、あられもない声を上げ続けた。

✿　✿　✿

翌朝。

エナは昨日の朝と同じように、湯を張った桶《おけ》と拭き布を持ち、アマリアの部屋を訪《おとず》れた。

部屋に入るなり、思いっきり顔をしかめる。

(暑い……)

室内は、廊下《ろうか》よりも熱がこもっていて、蒸《む》し蒸《む》しする。まるで昨夜のリドワーンとアマリアの体熱が空気中に漂《ただよ》い出ているようだった。

見れば、アマリアはエナがやってきたことに気付きもしないで、寝台でひとり、熟睡《じゅくすい》している。

リドワーンは明け方までアマリアの部屋にいたので、この女は深夜からそれまでずっと、快楽を与えられ続けていたのだろう。

うんざりだった。

アマリア王女の世話係であるエナの部屋は、この部屋の隣《となり》にある。

そのせいで昨夜は聞きたくもない声と物音を聞かされ、エナの睡眠時間《すいみんじかん》は不足していた。対してアマリアは男と交わるのに疲《つか》れて、呑気《のんき》に寝息を立てているのだ。

「……ギルフォード卿《きょう》がいるくせに、とんでもない売女《ばいた》だわ」

エナは眠り続けるアマリアを睨《にら》みつけた。

他に恋人がいるくせに、リドワーンに抱かれて快楽を貪《むさぼ》るこの女に、激しく嫌悪《けんお》を覚える。

別にリドワーンに特別な感情を抱《いだ》いているわけではないが、リドワーンは美男子だし、反乱軍のカリスマだ。自分の気に食わない女には、入れあげて欲しくない。

この女を見ていると、本当にイライラする。

苛立《いらだ》ちの中に、少なからず嫉妬《しっと》の念が混じっていることになど、エナ当人は気付かない。

ふいに、昨夜運んできたアマリアの夕食皿が空《から》になっているのを見て、エナの怒りは頂点に達した。

昨日、昼食にまったく手を付けていなかったアマリアに、エナはつい嫌味《いやみ》をぶつけたのだ。

『あら、お召し上がりにならないのね。無理もないわよねぇ、昨日の夜は、下のお口に美味《おい》しいものをたくさん食べさせてもらったものね』

言ってやると、アマリアはきょとんとしてエナを見つめ返してきた。品がなさすぎて、嫌《いや》味《み》の意味がわからなかったらしい。

そのときのアマリアのすみれ色の瞳があまりにも無垢《むく》に見えて、エナは密《ひそ》かに傷ついたのだ。まるで自分が、とんでもなく下品なあばずれのように思えて、そのまま逃げるように部屋を出た。

あのときは、食事に手を付けていなかったくせに――

「男に言われれば、素直《すなお》に食べるんだ……」

きっと、リドワーンに食べろと言われたから食べたのだ。

(――なんて嫌《いや》な女……)

清純《せいじゅん》ぶって人を翻弄《ほんろう》しておきながら、男の前では従《じゅう》順《じゅん》に振《ふ》る舞《ま》うなんて。

「……許せない」

エナは空《から》になった皿を手に、猛然《もうぜん》と部屋を出た。

思いっきり、あの女を汚してやりたい。徹底的《てっていてき》に、ズタズタに傷つけてやりたい。

直後、新たな怒りが胸に湧《わ》く。

「――どうしてあたしが、あんな女の皿を片付けなくちゃいけないのよっ！」

手にした皿を壁《かべ》に叩《たた》きつけてやりたい衝動《しょうどう》をなんとか抑《おさ》えて、エナはずかずかと廊下《ろうか》を歩いた。

第二章　心の変化

毎夜毎夜、リドワーンはアマリアのもとを訪れた。

そのたびにアマリアは体力の限界《げんかい》まで、リドワーンの好きなように弄《もてあそ》ばれた。

そして目が覚めると、いつも彼の姿はない。

部屋にはエナの置いて行ったと思われる湯を張った桶《おけ》（アマリアが目を覚ます頃には、湯は冷めて水になっているが）と拭き布があるので、それで身体《からだ》を清め、髪も洗う。

着替《きが》えも置いてあるので、着替《きが》える。

そうしているうちにエナが、朝昼兼用《あさひるけんよう》の食事を運んできて、なにやらチクリと嫌味《いやみ》を言って去ってゆく。

夕方になれば、またエナが来て夕食を置いてゆくので、食事を摂《と》る。

またしばらくすると、リドワーンがやってくる――

それが、純潔《じゅんけつ》を奪《うば》われたあの日からの、アマリアの一日だった。

そんな生活が、五日ほど続いたある日。


夕食を終えて、ずいぶん時間が経ったが、リドワーンは姿を見せない。

(――今日はもう、来ないのかしら)

そう思ってしまって、ハッとした。

(わたしは……リドワーンが来るのを、待っているの?)

ここでのアマリアの話し相手は、なんとかアマリアを傷付けてやろうという態度《たいど》を隠《かく》しもしないエナと、リドワーンだけだ。リドワーンが来れば、ひどい目に遭《あ》わされることはわかっているけれど、それでも、だれとも話もせずに一日を過ごすことは辛い。

ぼんやりと部屋の扉を眺《なが》めていると、外側に取り付けられた鍵《かぎ》の開く音がした。

リドワーンかと思いきや、姿を見せたのは見たこともない男たちだった。

反乱軍の一味《いちみ》であろう三人の男たちは、ノックもしないでアマリアの部屋にずかずかと入り込んできた。

物騒《ぶっそう》な気配に、アマリアは身構《みがま》える。

「……何のご用ですか？」

「リドは今日、帰ってこないぜ」

男たちは舐《な》めまわすような視線を、アマリアの全身に注《そそ》いでくる。

身の危険を感じ、アマリアの声は硬くなる。

「そうですか」

「お姫様も寂《さみ》しいだろう？　だから代わりにオレたちが来てやったんだ。なぁ？」

にやにやといやらしい笑いを浮かべながら、男たちは目配《めくば》せし合う。

恐怖で、心臓が早鐘《はやがね》のように鳴りはじめる。彼らがここへ何をしに来たのか、雰囲気だけでもうわかる。

「お引き取りください。寂《さみ》しくなんてありませんから」

「そう意地を張るなよ」

肩に触れられた瞬間、嫌悪《けんお》でぞくりと寒気《さむけ》が走る。

「つ！　……いやっ！」

とっさに身を引こうとすると、手首を摑《つか》まれた。身の毛がよだつような不快感《ふかいかん》が、触れられた箇所《かしょ》から広がってゆく。

「逃げるなよ。なぁ、いいだろ」

「そうそう。リドとは散々《さんざん》やってんだからさぁ。オレたちとも遊んでくれよぉ」

「なにを言っているのです、無礼《ぶれい》な……立ち去りなさい！」

精一杯《せいいっぱい》の威厳《いげん》を込めて放ったつもりの一言は、男たちの下卑《げび》た笑いを誘《さそ》っただけだった。

ヒュー、と口笛を吹く男たちに、アマリアの恐怖はさらに募《つの》る。

「おおっ、コワイコワイ！」

「怒った表情もかわいいねぇ～」

言って、男の一人がごつい手で、アマリアの頬《ほお》に触れようとしてくる。

「触らないでください！」

パン、と高い音が鳴った。伸ばされた手を、アマリアが叩《はた》いたのだ。

叩かれた男の顔色が、たちまち赤黒く染まってゆく。

「この女っ……何様のつもりだよ、ああっ？」

激高《げっこう》した男にアマリアは思いっきり髪を摑《つか》まれた。

「痛っ……」

「そりゃお前、お姫様だろ」

言って、別の男がアマリアの背後《はいご》に回り込み、胸元を覆《おお》う衣を引き下げる。

「つ！」

摑《つか》まれた髪から、男の手が離れる。

ふるえながらこぼれたアマリアの白い双乳に、男たちが息を飲む気配がした。

「…見ないでください……！」

とっさに隠そうとした腕は後ろで押さえられた。

熟《じゅく》した果実《かじつ》のように豊かで張りのある乳房が、男たちの無遠慮《ぶえんりょ》な目に晒《さら》されている。

羞恥《しゅうち》と屈辱《くつじょく》で、気がおかしくなってしまいそうだ。

「たまんないな、おい……」

「ああ。これを好きにしていいのかよ――」

舌なめずりをするようにいやらしく、男たちが口元を歪《ゆが》めて笑っている。

「！　無礼者《ぶれいもの》っ……」

「へへっ、無礼者かぁ。なぁお姫様。あんた、自分の置かれてる状 況《じょうきょう》ってのがわかってんのか？」

異様にぎらぎらした視線で、アマリアの乳房を嬲《なぶ》りながら、男たちは言う。

「反乱軍はあんたを人質に、捕まった仲間の解放を要求したんだ。でもな、王国側はそれをつっぱねやがった。言ってる意味、わかるか？」

「え……」

「お前は王家に見捨《みす》てられたんだよ。だからリドに犯《や》られたんだ」

膝《ひざ》が震えた。

脚から力が抜けて、その場に崩《くず》れ落ちそうになる。

(——王家が、見捨てた？　わたしを……そんな……)

「なんだぁ、そんなにショックだったか？」

「落ち込むなって。オレたちが慰《なぐさ》めてやるからさぁ」

そう言った男のごつごつした指が、アマリアの白い胸に触れる、その直前。

「何をしている」

威圧《いあつ》を含《ふく》んだ、低い男の声が響いた。

ぎくり、と男たちが身を震わせる。

声のしたほうを見れば、背の高い黒髪の男の——リドワーンの姿があった。鋭《するど》く切れ上がった琥珀色《こはくいろ》の瞳は、明らかに怒気《どき》を宿している。

アマリアに狼藉《ろうぜき》を働いていた男たちは、あからさまに動揺《どうよう》した。

そわそわと視線をさまよわせ、しどろもどろな口調になり、

「な、なんだ、もう帰ったのか……早かったんだなぁ」

言いながら、アマリアを縛《いまし》めていた男が手を離す。

と、アマリアはリドワーンの腕に引き寄せられ、胸中にかき抱《いだ》かれた。

(——あっ……)

「これは俺の女にすると言ったはずだ。誰が手を出せと言った」

アマリアは驚き、リドワーンの顔を見上げる。

俺の女。

その一言に、どくん、と心臓が大きく音を立てた。

「いや、鍵《かぎ》が落ちてたんで、気になって……」

「別になんかしようとしたわけじゃなくて……」

もごもごと言い合う男たちに向かい、リドワーンは抜刀《ばっとう》した。

近くにいた男の首筋《くびすじ》に、赤い血の線がにじむ。

首の薄皮一枚《うすかわいちまい》だけを斬《き》られた男は「ひっ……」とすくみ上がった。

リドワーンは男たちを一瞥《いちべつ》し、怖ろしく低い声音で、

「次は首を刎《は》ねる。行け」

それだけ言い放った。

男たちが、弾《はじ》かれたようにわらわらと部屋から出てゆく。

リドワーンは外套《がいとう》を脱ぐと、アマリアの肩にかけ、

「隠《かく》せ」

言われて、自分の胸がむき出しのままだと気付いた。

「……はい」

渡された外套《がいとう》を羽織《はお》ると、若木に似たリドワーンの匂いがした。

そのまま彼に手を引かれ、部屋を出る。初めて部屋から出たアマリアは、リドワーンとと

もに狭《せま》い廊下《ろうか》を進む。まるで王城の隠《かく》し通路のような廊下《ろうか》の角を数回曲がり、途中《とちゅう》、何度か反乱軍の人間とすれちがい――

やがて、たどりついた空間は、応接室と寝室が続きになっている二間だった。必要最低限《ひつようさいていげん》のものしか置いていない――そんな素っ気《そけ》ない空間だ。

アマリアは応接室を通り過ぎ、そのまま寝室に連れ込まれた。

「俺の部屋だ。ここにいれば誰もお前に手出しできない」

言われて、アマリアは肩の力を抜いた。力が入っていたことにすら気付かなかった。安堵《あんど》で、ほろりと涙がこぼれる。

と、リドワーンが帯《お》びていた短剣を一本、アマリアの手に握《にぎ》らせてくる。鞘《さや》に玉石の埋《う》め込まれた短剣は、ずしりと重量があった。

「これを持っていろ」

護身用《ごしんよう》にしろ、とのことなのだろう。

アマリアはだまってうなずく。

リドワーンは寝台に横たわり、こちらに背を向ける。

「今宵《こよい》は疲《つか》れた。もう眠る。お前も適当《てきとう》に休め」

アマリアはリドワーンの背を、まじまじと見つめてしまった。もしかして彼は、アマリアを思いやってくれているのだろうか。

そんなふうに思った直後、すぅっ、と寝息が聞こえて、アマリアはさらに驚いた。

「もう…眠ってしまわれたのですか？」

返事はない。ただ、規則正しい寝息だけが聞こえてくる。

アマリアはそっと寝台に腰かけ、もう一度彼のほうに視線をやる。

熟睡《じゅくすい》している。これなら、目を覚ますことはなさそうだ――

そっと、リドワーンのとなりに身を横たえる。今日はもう、なにかされることはないだろう。

「不思議な人……」

それにしても、刃物を持たせておいて背中を向けて眠るなんて、自分こそ刺されると思ったりはしないのだろうか。

（この人のことが、よくわからないわ――）

ただ、他の男たちの魔の手から、アマリアを守ろうとしてくれたことだけはわかる。

ありがとう、と出かけた言葉を、アマリアは飲み込んだ。

この男は、無理やりにアマリアの純潔《じゅんけつ》を奪《うば》い、淫《みだ》らな身体《からだ》に創《つく》り変えた、いわば憎《にく》むべき相手だ。

そう、無理やりだった。

けれど彼と、さきほどアマリアを襲《おそ》おうとした無法者《むほうもの》たちとでは、アマリアの感じ方はまったくちがっている。

あの連中からは、触《ふ》れられるだけで身体《からだ》が腐《くさ》ってゆくような不快感《ふかいかん》しか与えられなかったが、リドワーンに触れられたときに湧きあがる感覚は、ちがう。

はじめは怖《おそ》ろしかったが、不快感はなかった。

それどころか、深く身体《からだ》を探られるにつれ、いままでまったく知らなかった快感すら与えられた。

寝息に添《そ》ってわずかに上下するリドワーンの背中を、アマリアは凝視《ぎょうし》する。

(わたしは、この人のことを好きなの？　でも、わたしにはギルが……)

『助けにも来ない恋人のことなど、忘れろ』

「……あっ――」

ギルフォードは来てくれない。

王家からは見捨《みす》てられた。

侍女には裏切《うらぎ》られ、男たちからは欲望の対象として見られている。

暴漢から守ってくれたのは、ギルフォードではなくリドワーンだった。

気付いて、アマリアは寝台に横たわった。

手渡《てわた》された短剣を護符《ごふ》のように大切に抱《いだ》き、アマリアは瞳を閉じた。

✿　✿　✿

アマリアが眠りに落ちた気配を感じて、リドワーンはそろりと寝返りを打った。

目の前に、アマリアの白く小さな寝顔がある。

すやすやと眠るアマリアを見て、この娘はまぎれもなく本物の『お姫様』なのだと感心した。

駆《か》けつけるのがひと足遅ければ、まちがいなく輪姦《りんかん》されていたというのに、もう無防備《むぼうび》な寝姿を晒《さら》している。驚愕《きょうがく》に値《あたい》する警戒心のなさだ。

試しに手を伸ばし、なめらかな頬に触れてみるも、アマリアは身じろぎすらせず眠ったままだ。

（――先が思いやられる……）

今はまだ、リドワーンの女ということにしておけば、いくらか牽制《けんせい》は利く。

しかしこの先、反乱軍の活動が活発になれば、リドワーンがアジトを留守《るす》にする時間も長くなる。そうなれば、この姫君をどうにかしてやりたいと悶々《もんもん》としている連中がおとなしくしているはずがない。まちがいなくアマリアは何十人もの男たちの欲望のはけ口にされてしまうだろう。

それでは、あまりにも憐《あわ》れだ。

「ん……──」

と、ふいに、アマリアが目を開いた。

宝石のような紫色の瞳はとろりとしており、ぼんやりとリドワーンを見つめてくる。

寝ぼけ眼《まなこ》のまま、アマリアは頼《たよ》るものを見つけた子猫のように、リドワーンのほうに身を寄せてきた。

この不意《ふい》打《う》ちに、リドワーンは少なからず動揺《どうよう》した。

そっと頭を撫でてやると、アマリアは口元にかすかに笑みを浮かべ、すぅっ、と深い眠りに落ちてゆく。

(──反則だろう。いくらなんでも可愛《かわい》すぎる……)

愛らしい寝顔を眺《なが》めるうちに、自然とある決意が生まれる。

──この姫君を、部下どもの欲望の生贄《いけにえ》にするわけにはゆかない。

部下どもの悪意に晒《さら》されることにより、この娘から笑顔が失われるようなことがあってはならないのだと、リドワーンはほぼ本能で決断した。

この姫君は、どうあっても自分が守り──安全な場所へと返《かえ》す。

適当《てきとう》な口実さえできればここから解放してやれる。しかしいまのところは、解放にいたる理由は見つかっていない。

✿　✿　✿

王城でアマリアを見た瞬間から、エナはあの女のことが嫌《きら》いだった。

エナはもともと、ギルフォード卿《きょう》の実家にあたるフォルテ子爵家で下働きをしている少女だった。

その頃から、エナはギルフォード卿のことを見ていた。

けれど、貴族でもなく美人でもない自分が、彼の目に留《と》まることなどないことくらいはわかっている。

せめて、身分という壁《かべ》がなくなれば、彼と話くらいはできるかもしれない——

そんな思いもあって、反乱軍に身を投《とう》じた。

そうしながら、屋敷では真面目《まじめ》に働き続け、そのうちに『よく気の付く娘だから』と、フォルテ子爵家の主人に王城への推薦状《すいせんじょう》を書いてもらえたのは、思ってもみない幸運だった。

エナはまんまと王城へ潜入《せんにゅう》し、反乱軍のための情報収集に勤《いそ》しんだ。

王城の召し使いたちは、エナからすると信じられないボンクラばかりだった。

テキパキと仕事をこなすエナを見て、女官長はすぐさまエナを取り立てた。

とんとん拍子《びょうし》で出世し、ついには『アマリア王女の侍女』という、通常であれば貴族の娘が就《つ》く位《くらい》にまで上りつめることができたのだ。

そこで出会ったアマリア王女は、エナの一番嫌いなタイプの女だった。

美人で無邪気《むじゃき》で屈託《くったく》なく、何の苦労《くろう》もせずぬくぬくと育った善良な姫君。

しかもエナのことをいたく気に入り、特別に取り立ててくださるときている。

そのことで他の侍女たちからやっかまれ、陰湿《いんしつ》ないじめや嫌《いや》がらせを受けたことも一度や二度ではない。

なによりも、この女とギルフォード卿との逢引《あいび》きを手伝わなければならないことが、たまらなく嫌《いや》だった。

けれど、こうしてアマリアの信用を勝ち取っておくことも、反乱軍の一員としてやっておかなくてはならないことだ。

いつか、アマリアを拉致《らち》し、王国側との交渉《こうしょう》道具《どうぐ》として使うときのために。

その甲斐《かい》あって、拉致《らち》には成功したものの、いざ、アマリアを反乱軍に捕《と》らえてみれば、あの女はリドワーンのお気に入りになってしまった。

はらわたが煮えくり返る思いで、エナはここでもアマリアの世話をした。

ギルフォード卿という恋人がいながら、リドワーンともちゃっかりと悦《たの》しむことは悦《たの》しむこの女に、エナの我慢《がまん》は限界《げんかい》に達《たっ》した。

（そんなに男が好きだったら、いくらでも可愛がってもらえばいいのよ――）

思って、反乱軍の中でも性質《たち》の悪い連中の前に、わざとアマリアの部屋の鍵《かぎ》を落としてやった。

(――あたしは鍵《かぎ》を落としただけよ。あとはどうなろうと知ったこっちゃないわ)

深夜、アマリアの部屋に男たちの押し入る音がした。

必死に虚勢《きよせい》を張るアマリアの声と、それを嘲笑《あざわら》うような男たちの声が聞こえてきた。

(これからあの女がズタズタにされる――いい気味《きみ》だわ!)

胸が晴れるような歓喜《かんき》と、同じ女としての罪悪感《ざいあくかん》、それに吐き気がこみ上げてきた。

耐えられなくなったエナは自室を出て、深夜の食堂に逃げ込んだ。


朝になり、何食わぬふうを装《よそお》って、いつものように桶《おけ》に張る湯をもらいに厨房《ちゆうぼう》へ行くと、リドワーンと鉢合《はちあ》わせた。

「あら、リド……」

おはよう、と続ける前に、リドワーンが何かを差し出してくる。

とっさに手を出すと、なにかが手のひらの上に落とされた。アマリアの部屋の鍵《かぎ》だ。

エナはぎくりと身を震わせる。

——もしかして、わざと鍵《かぎ》を落としたことに気付いてる？

恐《おそ》る恐《おそ》る、エナが顔を上げると、

「鍵《かぎ》の管理は徹底《てってい》しろ」

リドワーンは果《は》てしなく冷たい目でエナを見下ろし、そう言った。

あきらかに、気付いている。

「次はないと思えよ」

言い捨《す》てると、リドワーンはそのままエナに背を向け、立ち去った。

「……なによ……」

まるで虫けらを見るような目で、エナを見ていた。

「——なによっ！」

（——アマリア姫には優しいくせに、どうしてあたしには——）

悔《くや》しさでこみ上げてきた涙を、ぐっと堪《こら》える。

こんなことくらいで、泣いたりするもんか。

唇《くちびる》を噛《か》みしめて涙を堪《こら》え、いつものように湯を張った桶《おけ》をアマリアの部屋に運んだ。

けれど、いつものあの部屋に、アマリアの姿はなかった。

✿　✿　✿

アマリアの生活の場がリドワーンの寝室に移《うつ》ると、湯と食事を運んでくる少女はエナではなく、はじめにアマリアの世話をしていた茶色い髪の少女に変わった。

茶色い髪の娘は相変《あいか》わらずひどく愛想《あいそ》がなく、アマリアが声をかけても返事もしない。ちらり、とこちらに冷たい視線を投げかけてくるだけだ。

この娘には、エナ以上に疎《うと》まれているような気がする。

そもそも、ここは反乱軍のアジトであり、アマリアは敵対《てきたい》する王国側の人間として捕らわれているのだから、基本的にはアマリアに好意を持つ人間などいないのだろう。

リドワーンはここにいれば安全だと言ったが、彼がアジトを出ているときを狙い、また昨夜のような無法者《むほうもの》が絶対にやってこないとは言い切れない。

アマリアはリドワーンに渡された短剣を、肌身離《はだみはな》さず身に着けていた。

そうしていなければ、不安と孤独《こどく》で心が凍《こお》りそうだったのだ。

だから深夜、部屋に戻ってきたリドワーンの姿を見るたびに、安堵《あんど》するのも事実で。

その日、彼が寝室へ戻ってきたとき。

アマリアはほっとして、つい表情をゆるめてしまった。

が、扉を閉じるなり、リドワーンは片腕を壁《かべ》につき、苦しげに身体《からだ》を折り曲げたのだ。

錆《さび》くさい血の匂《にお》いがして、アマリアはとっさに彼に駆《か》け寄った。

「！　……どうかなさいましたか⁉」

「……黙《だま》れ」

睨《にら》み上げられて、口をつぐんだ。

リドワーンは壁《かべ》に身体《からだ》を預けたまま、大きく肩で息をしている。

「怪我《けが》、ですか？」

問いかけても答えはない。

リドワーンは壁《かべ》に背を預けてその場に座り込んだ。

沈黙《ちんもく》の中、苦しげな息遣《いきづか》いだけが室内に響く。

まるで手負《てお》いの獣《けもの》のようだ。

痛々しくて見ていられない――

ふいにアマリアの視線が、水差しの上で止まる。そっと水差しから木のカップに水を注《つ》ぎ、彼に差し出した。

リドワーンは差し出したカップを手に取ると、そのまま一気に飲み干《ほ》した。

ふぅ、と大きく息をつく。

「……なにかわたしに、できることはありませんか」

言うと、リドワーンは懐《ふところ》からなにかを取り出し、アマリアに手渡《てわた》してくる。

渡されたのは、小さな鍵《かぎ》だ。

「――机《つくえ》の中に、木箱がある。それを」

これは机の鍵《かぎ》であるらしい。

言われたとおり、机の引き出しにかかった鍵《かぎ》を開けると、中から木箱を取り出してリドワーンのもとへ運ぶ。

「これですか？」

「ああ」

木箱は薬箱のようで、中には茶色い遮光瓶《しやこうびん》や包帯《ほうたい》などが詰《つ》まっている。

遮光瓶《しやこうびん》のラベルを確認しようとすると、またリドワーンに睨《にら》まれた。

「――触《さわ》るな」

言われて、一度は手を引っ込めた。

アマリアはそのままの状態で、ラベルの文字を確認する。オトギリソウ、キナ、キンセンカ、ウサギギク、トリカブト――

「薬草のアルコール漬《づ》けですか？」

「……ああ」

「でしたら、取り扱《あつか》い方を医師から学びました。わたしでよろしければ……お手当ていたしましょうか？」

いざというときのために、王家の娘としてひと通りの薬効《やっこう》は頭に入れている。

リドワーンはしばらく無言だった。

アマリアはリドワーンの琥珀色《こはくいろ》の瞳を、じっと見つめる。

「やってくれ」

根負《こんま》けしたように言って、リドワーンは黒ずくめの上着を脱いだ。

いままでよほど物騒《ぶっそう》な生き方をしてきたのだろう、しなやかに鍛《きた》え上げられた筋肉質な身体には、大小さまざまな傷跡《きずあと》があった。その脇腹あたりに、まだ血も乾かない裂傷《れっしょう》がある。

アマリアは一瞬《いっしゅん》動揺《どうよう》したが、すぐに気を取り直して手当てにかかる。

大量の水にオトギリソウのアルコールを数滴垂《すうてきた》らしたもので傷口を洗い流し、キンセンカの軟膏《なんこう》を塗《ぬ》り、清潔《せいけつ》な布を当てて包帯《ほうたい》を巻《ま》く。

ウサギギクのアルコール漬《づ》けは飲用だ。カップに注《そそ》いだ水にウサギギクのアルコールを数《すう》滴垂《てきた》らして手渡《てわた》し、

「あっ！　口の中には怪我《けが》をされていませんか？　ウサギギクは傷口に入ると大変なことに

なりますから……」

飲用すれば傷の回復は早くなるが、傷口に直接《ちょくせつ》塗《ぬ》れば毒になる。

リドワーンは何も言わずに手渡《てわた》したカップに口を付けた。少し力をゆるめて、彼は言う。

「――このことは、黙《だま》っていろよ」

「はい」

口止めされるまでもなく、ここでアマリアに接《せっ》する人間は、口を利《き》いてくれない茶色い髪の少女と、リドワーンだけだ。

「……お仲間の方は、誰もお怪我《けが》のことをご存知《ぞんじ》ないのですか？」

「弱みなんぞ見せられるか」

そう言ったリドワーンが、どこか強がっている少年のように見えて、アマリアは目を瞬《またた》いた。

「それだけで士気《しき》が落ちる」

反乱軍の指導者《ロード》ともなれば、身の振《ふ》り方ひとつで全体の雰囲気に影響《えいきょう》が出るのだろう。

だからといって、傷を負っても仲間の誰にも悟《さと》られてはならないというのは辛《つら》すぎる。

「わたしは……お仲間ではありませんから、弱みを見せても問題はないと思います」

その言葉を、彼はどう受け取ったのか。

じっとアマリアを見つめ、ふいにその目を細めた。

「――馬鹿《ばか》な女だ」

「えっ……」

ふっ、とリドワーンは息をついた。

「薬の知識があるんだろう？　箱の中に毒草があるのもわかったはずだ。お前が王家の娘なら、反乱軍の首領《しゅりょう》である俺を毒殺するべきだろう」

「！　……そんなことっ……」

「ついでに、昨日渡した短剣も持っている。いまの俺は手負《てお》いだ。殺《や》れるかもしれないとは思わないのか？」

「お、思いません！」

彼はそんなことを考えながら、アマリアに傷の手当てを任《まか》せたのだろうか。

まったく意味がわからない。

「本当に馬鹿《ばか》な女だ。これがウインディアの王女か――」

呆《あき》れたような、怒ったような口調だった。

「王女という肩書《かたが》きがまったくふさわしくない。革命《かくめい》が終わったら、普通の娘になれ」

言い捨《す》てると、リドワーンは立ち上がり、ひとりで寝台のほうへ歩いてゆく。そのまま寝台に横たわり、アマリアに背を向けた。

背中が怒っているように見える。

言いたいことはたくさんある。けれど、彼から発せられる怒気《どき》に気圧《けお》されて、なにも言えない。ただ。

王女としてふさわしくない——

その言葉が棘《とげ》のように胸に刺さった。

第三章　解放

アマリア王女解放のための身代金《みのしろきん》を用意した――

そう申し出てきた貴族は、子爵位《ししゃくい》の持ち主であるという。

リドワーンが密談《みつだん》に指定した場所は、街道沿《かいどうぞ》いの宿だった。

身代金《みのしろきん》を用意したという、銀髪碧眼《ぎんぱつへきがん》のやたら美形の貴族青年は、ギルフォード・フォルテと名乗った。そう身分の高い貴族ではないようだが、提示《ていじ》された金額は悪くない。

リドワーンは何か引っかかるものを感じて、その正体を探るべく記憶をたどる。

ギルフォード・フォルテ。ギルフォード、ギルフォード――ギル。

改めて、目の前の青年を観察《かんさつ》する。いかにも若い娘の好みそうな、『王子様』そのものだ。

もしかすると、そうかもしれない。

「あんたが姫様の恋人か」

「――誤解《ごかい》です。私はアマリア様をお慕《した》い申し上げておりますが、一介《いっかい》の騎士にすぎません」

顔色一つ変えず、騎士は言った。

「あの姫様は、もう生娘《きむすめ》ではない」

言い放つと、ギルフォード卿《きょう》の眉《まゆ》が引きつった。

まちがいない。やはりこの男がアマリアの言っていた『ギル』だ。

リドワーンはさらに追い打ちをかける。

「姫様は俺が犯《おか》した」

瞬間、殺気《さっき》が膨《ふく》れ上がった。

白刃《はくじん》が閃《ひらめ》く。

リドワーンは反射的に剣を抜き、ギルフォード卿《きょう》の剣を受け止める。

一撃《いちげき》の重みが、脇腹《わきばら》の傷に、ずしんと響く。

ぶつかり合った剣が、ぎちっ、と音を立て、空中でせめぎ合う。

部下たちが気色《けしき》ばむも、ふたりの気迫《きはく》に圧倒《あっとう》され、手出しできずにいる。

先ほどまで貴族らしい静けさを保《たも》っていたギルフォード卿の青い瞳に、激しい怒りと憎悪《ぞうお》が宿っている。

「――っ…殺してやる……！」

ぐっ、と剣に圧力《あつりょく》が加わる。

わずかにでも力を抜けば、半瞬《はんしゅん》で均衡《きんこう》は崩《くず》れるだろう。

「――そうか。ところで…俺があんたに殺《や》られれば、姫様はどうなる?」

交差した刀身から、ギルフォード卿の動揺がかすかに伝わってきた。

ここでリドワーンを討ってしまえば、反乱軍との交渉手段《こうしょうしゅだん》は絶《た》たれ、アマリア姫の監禁《かんきん》場所《ばしょ》も知らされず、永遠《えいえん》にギルフォード卿のもとに姫君は戻らなくなる。

ギルフォード卿の剣に乗せられていた力が、かすかにゆるむ。

リドワーンもそれに合わせて力を抜いてゆき、やがて、互いにほとんど同じタイミングで剣を引いた。

「……すまなかった」

屈辱《くつじょく》に耐え、ギルフォード卿は頭を下げた。

ついさっきまでギルフォード卿の瞳に映《うつ》っていた、狂気《きょうき》にも近い感情の渦《うず》が消えている。

あれほどの激情《げきじょう》を、よくぞ抑《おさ》えられたものだ。よほどあの姫君を大切に思っているのだろう。

「てめぇ、すまなかった、じゃねぇだろ――」

食って掛《か》かった仲間のひとりを、リドワーンは視線で制し、ギルフォード卿に向き直る。

「五日後に、姫君を解放する」

「おい、リド……」

「明日にでも解放してもらえまいか？　アマリア様も消耗《しようもう》されているはずだ」

「それは無理だ。姫様にも準備《じゆんび》時間というものが必要だろう」

ギルフォード卿は、まだ何か言いたそうにしていた。が、ここで気を変えられても困るとでも判断《はんだん》したのだろう。

「わかった――五日後に」

間を置いて、静かに承諾《しようだく》した。


ギルフォード卿が退室した後。

仲間の一人がイラついた声を上げた。

「いいのかよ、あのまま帰して」

いきなり斬《き》りかかってきたギルフォード卿に、当然思うところはあるようだ。

さきほどの剣戟《けんげき》のせいで、すっかり治まっていた脇腹《わきばら》の傷が疼《うず》く。腹に力を入れたときに、昨夜の傷口が開いてしまったようだ。

「手を出すなよ。あれは俺より強い」

実力は拮抗《きつこう》していた。

しかし、相手は騎士だ。

名のある師に付き、基礎《きそ》の基礎《きそ》から徹底的《てっていてき》に剣術を叩《たた》き込まれたであろうギルフォードと、我流で剣技を覚えたリドワーンとでは、分が悪い。同程度《どうていど》の力量では、邪道《じゃどう》は正道《せいどう》に勝てぬものだと経験を通して知っている。

「反乱軍に資金を提供《ていきょう》してくださる方だ。丁重《ていちょう》に扱《あつか》えよ」

「じゃあ……なんで挑発《ちょうはつ》したんだよ」

仲間の中でも穏健派《おんけんは》のひとりが、疲《つか》れたような声で訊いてきた。が、実際のところ、リドワーンも自分の行動の意味を把握《はあく》しかねていたのだ。

「さぁな」

軽く返して、自身に意味を問いかけてみる。

そして自分の可愛《かわい》く思っている女の気持ちが、あの男のもとにあるのだということが気に食わなかったのだと、そう気付いた。

くだらない悋気《りんき》からの言動だ。

だが結果として、手っ取り早くギルフォード卿の度量《どりょう》と技量《ぎりょう》を量《はか》れた。それに——

「姫様も、なかなかいい趣味《しゅみ》をしてるじゃないか」

「は？」

眉《まゆ》をひそめる仲間に目もやらず、リドワーンは小さく笑った。

「行くぞ」

これ以上、長居《ながい》をする意味はない。

リドワーンは街道《かいどう》沿《ぞ》いの宿を出た。

宿場町《しゅくばまち》のようになっているその一帯には、露天商《ろてんしょう》や物売《ものう》りの姿もある。

その中に若い娘が好みそうな装飾品《そうしょくひん》を売っている露店《ろてん》を見つけ、ふいにアマリアの顔が脳裏《のうり》をよぎった。

『わたしは…お仲間ではありませんから、弱みを見せても問題はないと思います』

そう言ってじっとこちらを見つめてきた、あの無垢《むく》なすみれ色の瞳が忘れられない。

あのときは妙に落ち着かない気分になり、馬鹿《ばか》な女だと罵《ののし》ってしまった――まるで思春期《ししゅんき》の少年のように毒づいてしまったのだ。

まったく、最悪もいいところだ。あんな子供じみた真似《まね》をしてしまったのは、それこそ照れのようなものがあったせいだ。そんな感情は、思春期《ししゅんき》の頃に置いてきたとばかり思っていたものを――

露店に並《なら》ぶ装飾品《そうしょくひん》を見て、なにかアマリアの慰《なぐさ》めになるものでも土産《みやげ》にやってはどうかと思ったが、相手は一国の王女様だ。そこいらで売っている玩具《おもちゃ》のような装飾品《そうしょくひん》で喜ぶとは思えない。

装飾品《そうしょくひん》の露店《ろてん》を素通《すどお》りし、少しして、野菜の行商《ぎょうしょう》をしている農民の子供の姿が目に入った。

目が合うと、襤褸《ぼろ》きれのような服をまとったその子供は、こちらへ走り寄ってきてニタリと笑った。

「兄ちゃん、タバコ買わねぇか？」

「ああ。もらおう」

リドワーンは子供に、共犯者《きょうはんしゃ》の笑みを向ける。

「じゃ、こっち来いよ」

と、連れて行かれたのは先ほどとは別の宿だ。子供について宿の裏に行くと、物陰に小麦袋の乗った荷台があった。

「これ、今月のぶんな」

「ああ」

リドワーンがうなずくよりも先に、部下たちが荷台に乗った小麦袋《こむぎぶくろ》を運び出す。

この子供は、周辺の農村に住む反乱軍の協力者であり、『タバコを買わないか』は、食糧《しょくりょう》を提供《ていきょう》する際《さい》の合言葉《あいことば》のひとつだ。

平民の暮らしのことなど微塵《みじん》も考えていない国の役人に小麦を納《おさ》めるくらいならば、国を変えようとしている反乱軍に差し出したほうがいい——そう考える農民たちが、こうして食糧を提供《ていきょう》してくれているのだ。

「役人どもが小麦の取り立てに来たら、反乱軍に強奪《ごうだつ》されたとでも言っておけ」

「それじゃあ兄ちゃん、悪者になっちまうぜ？」

「王国軍からすれば、とっくに悪者だ」

それもそっか、と子供は屈託《くったく》なく笑う。

見れば子供は、行商《ぎょうしょう》をしていた野菜といっしょに面白《おもしろ》いものを持っている。

「それは売り物か？」

「おう。これはタダじゃやらねぇぞ。なんだよ、女にでもやるのかよ？」

子供の目が、抜け目なくきらりと光った。完全に商売人の目になっている。

ふっかけられるな、と思いつつ、リドワーンは交渉《こうしょう》に入った。

✿　✿　✿

王女としてふさわしくない——

だから王家にも見捨《みす》てられたし、出会って間もない青年にまでそう言われてしまった。

でも、だからといって、どうしても自分にリドワーンを毒殺できるとは思えない。

だからやっぱり、王女としてふさわしくない——

そんな思考の輪にはまっているうちに、一日が過《す》ぎてゆく。

この日、リドワーンはどういうわけか、竹でできた籠《かご》を持って帰ってきた。

彼は部屋に入るなり、

「あまり食っていないようだな」

アマリアの食事皿に目をやり、そう言った。

自身の考えに気を取られすぎて、いつもの三分の一ほどしか食事を摂ることができなかったのだ。

と、リドワーンは手にしていた籠《かご》をアマリアの視線の高さに持ち上げる。

見れば、籠《かご》の中には黄色い小鳥がいた。小鳥は首をかしげ、つぶらな瞳でアマリアを見つめてくる。

「まあ！　かわいい！」

アマリアが表情《かお》を輝かせると、リドワーンはにやりと笑った。

「これを焼いて食うか？　ここの食事よりは美味《うま》いかもな」

「ええっ、食べたりしませんっ！　こんなかわいい子を、どうして……」

どう見ても食用の鳥には見えない。完全に観賞用《かんしょうよう》だ。

リドワーンはアマリアの手に、小鳥を籠《かご》ごと押し付けてくる。

「お前にやる。飼うなり食うなり、好きにすればいい」

ピィ、と愛らしい声で小鳥が鳴き、アマリアの心は一気に和《なご》んだ。

「食べません、ちゃんとお世話します。この子のお名前はなんというのですか？」

「そんなものはない」

「そうですか……なにか考えてあげないと――」

逡巡《しゅんじゅん》するために黙《だま》り込むと、沈黙《ちんもく》が落ちた。

（――ピピ、ルル、リリィ……どれがいいかしら？）

真剣《しんけん》に考え込んでいると、リドワーンがぽつりと口をひらく。

「昨日は悪かった」

「え……？」

思わぬ言葉に、一瞬ぽかんとしてしまった。それから、まじまじとリドワーンの顔を見つめる。

リドワーンはいままでに見たことがないほどに、真摯《しんし》な、それでいて優しげな表情でアマリアを見返してくる。

「お前は馬鹿《ばか》ではない。昨日の手当ては的確《てきかく》だった」

そういえば昨日、馬鹿《ばか》な女だと言われたような気もする。

けれど、気にしていたのはそこではない。

「そんなこと、少しも気にしていません」

「嘘《うそ》を言うな」

「嘘《うそ》なんて言っていません。わたしは……それよりも王女としてふさわしくないと言われたことのほうが……」

言うと、今度はリドワーンのほうが虚《きよ》を突かれたような表情《かお》をした。

(あら?)

いったい、彼はなにを思ったのだろう。

一瞬の、沈黙《ちんもく》の後。

リドワーンは思わぬ言葉を口にした。

「あれは褒《ほ》め言葉だ」

「えっ?」

ふっ、と彼は嘆息《たんそく》し、

「俺はこの国の貴族やら王族やら、そういった連中が嫌《きら》いだ。あいつらは自分じゃ何もできないくせに、自分たち以外の階級の人間を人だとも思っていない。でもな、お前はちがう」

「本当ですか?」

「ああ。お前のことも何もできない馬鹿《ばか》な姫君だと思っていたが、そうではなかった」

目からウロコだった。しかし、なんの説明もなくそれで褒《ほ》め言葉、と言われても——

「あれだけでは……わかりにくいです……」

「だろうな。昨日はどうかしていたんだ」

そう、ばつが悪そうに言ったリドワーンは、どこか少年じみて見えた。

ものすごく意外なものを見た気がして、アマリアはとっさに彼から視線を逸《そ》らす。

いままでアマリアが王城で接《せっ》してきた、つんけんした王侯貴族《おうこうきぞく》たちよりもずっと、リドワーンには人としての温度があるような気がする。

もちろん、貴族の中にもギルフォードのような素晴《すば》らしい青年もいる。けれど貴族以外の人間を虫けらのように扱《あつか》う冷たい人々が多いのも事実で。

「わたしも――お城の社交界は苦手です。いつも嫌《いや》な噂《うわさばなし》話ばかりですから」

「ほう」

相槌《あいづち》だけ打って、リドワーンは黙《だま》る。

話を聞いてやる。続けろ。

そんな心の声が聞こえてきそうな雰囲気に、アマリアは戸惑《とまど》い、何度か深呼吸した。

彼にになら、打ち明けてもいいかもしれない。

なぜだか、そんな気になった。

「わたしは国王陛下《こくおうへいか》の娘……ということになっていますが、そんなはずはないんです」

「へぇ？」

「陛下《へいか》には、その……子種《こだね》がないそうです。ですから、わたしが陛下と血の繋がった娘であるはずがないんです」

それは貴族たちの間では暗黙《あんもく》の事実として知れわたっていることだった。

「お前の母親は第三妃だったか？」

問われて、うなずく。

国王の第三妃にあたるタリア妃は、東方にあるゼノビア王家の血を引く名門貴族の女性で、かつてウインディア社交界の華《はな》と呼ばれた美女であったと聞いている。大貴族の青年から、一兵卒《いっぺいそつ》の少年まで、数々の男と浮《う》き名を流した悪女であったとも。

「タリア様は、奔放《ほんぽう》な方だったそうです——もう、亡くなりましたし、あまり顔を合わせたことがありませんので よくわかりませんが……」

本当の父親はだれだかわからない。

そんな『アマリア王女』のことを、貴婦人たちが笑顔の裏でなんと言っているのか、気が付かないわけがない。だから。

——王女としてふさわしくない。

この言葉は、胸に刺さった。

腕に抱いた鳥籠《とりかご》の中で、ピィ、と愛らしい音が鳴る。

と、ふいにリドワーンの手が、アマリアの頭の上に置かれた。

驚いて顔を上げると、月のような琥珀色《こはくいろ》の瞳と目が合った。

「仲間たちは知らないがな、俺にも半分貴族の血が流れているんだ」

「え……」

アマリアは驚き、リドワーンの顔をまじまじと見つめ、それから妙に納得《なっとく》した。

彼の顔立ちや立《た》ち居振《いふ》る舞《ま》いにどことなく気品があるのは、貴族の血筋故《ゆえ》だったのだ。

「母親が貴族だったそうだ。どこぞの傭兵《ようへい》と火遊びしてできた子供が俺だと」

「そうでしたか……」

リドワーンとは、育った環境《かんきょう》も、置かれている境遇《きょうぐう》もちがう。でもなんだか、自分に似《に》ている。

きっと彼もそう感じたから、仲間にも知らせていない事実をアマリアに打ち明けてくれたのだ。

そう思うと、胸がほの温かくなった。

「お怪我《けが》の具合《ぐあい》はどうですか？」

「ああ。また傷が開いた」

そう、さらりと言われた。が、大変なことだ。

「！　包帯《ほうたい》を替《か》えないと……」

アマリアは鳥籠《とりかご》を机《つくえ》に置くと、昨日の薬箱を手に、リドワーンの手当てにかかる。

リドワーンは何も言わずに上着を脱いだ。傷に当てた包帯《ほうたい》に、うっすらと血がにじんでいる。

なんだか、悲しい。

物騒《ぶっそう》なことは日常茶飯事《にちじょうさはんじ》なのだろうが、せめて傷が治るまでそれとなく大人しくしていられないものなのだろうか。

非難《ひなん》するようにリドワーンを見ると、彼は口元に不思議な笑《え》みを浮かべ、

「猛犬《もうけん》に食《く》いつかれたんだ」

「犬……ですか」

「ああ。躾《しつけ》の良さそうな犬だと、挑発《ちょうはつ》したら猛犬《もうけん》だった」

なんでまた、そんな子供のようなことをしてしまったのか。まったく理解ができないし、絡《から》まれた犬もいい迷惑《めいわく》だっただろう。

「それは……自業自得《じごうじとく》ですね」

「言うじゃないか」

軽く笑ったリドワーンにつられて、アマリアも表情を和《やわ》らげる。

それにしても、彼の身体《からだ》のどこにも犬に噛《か》まれたと思《おぼ》しき牙《きば》の跡《あと》はない。

(——きっと、なにかの喩《たと》えなのね)

思いながら、昨日と同じ手順《てじゅん》で手当てを終えた。

傷の手当てをした日を境《さかい》に、リドワーンはアマリアに無体《むたい》を働かなくなった。

彼の中でなにか心境《しんきょう》の変化があったのか、単に傷が痛んでそれどころではないのか――

ともあれ平穏《へいおん》が訪《おとず》れ、アマリアはホッとしていた。

けれど反面、身体《からだ》の芯が寂《さみ》しさを訴えてくるように疼《うず》くのも事実で。官能を知らされたばかりの身体《からだ》が、リドワーンを求めているのだと気付き、アマリアは戸惑《とまど》っていた。

「わたし、あの人のことが好きなのかしら……」

つぶやきに応えるかのように、黄色い小鳥がピィ、と鳴く。

リドワーンに贈《おく》られたこの黄色い小鳥を、アマリアはレニと名付けた。

レニは思っていた以上に人に懐《なつ》いており、籠《かご》の中から出してやると、可愛《かわい》らしくはばたいてアマリアの肩にとまる。

この小さな生き物と心を通わせたことで、アマリアの孤独《こどく》は癒《いや》されていた。

アマリアにとっては、ダイヤモンドを百個贈《おく》られるよりも嬉しいことだった。

そして、情交の代わりのように、リドワーンはアマリアと、ちょっとした会話をするようになっていた。

傭兵《ようへい》をしていたとき、海戦に参加したものの船をやられてしまい、無人島で助けを待った話。たまたま通りかかった異国の漁船に救われたものの、そのまま異国へ連れて行かれ、言葉もわからぬ国をさまよったこと。

盗賊団を襲撃《しゅうげき》し、盗賊のため込んだ宝物を強奪《ごうだつ》したこと。その宝物を売り払って作った金で、反乱軍を組織した話——

もともと傭兵稼業《ようへいかぎょう》で暮らしていた彼の話は、王宮での生活しか知らないアマリアにとってなにもかもが鮮烈で印象的だった。

彼と話をしていると、自分がいかに小さな世界で生きていたかを思い知らされる。

同時に、王城での立ち位置や、貴族たちの陰口に悩んでいたことが、とても些末《さまつ》なことのように思えてきた。

世界は、とても広い。

「あなたのお話を聞いていると、お城で人の目ばかりを気にしていたことが、なんだか、おかしく思えてきます」

そう感じることができただけでも、アマリアにとっては大きな進化だ。

リドワーンは、ふっと笑った。その笑みがどこか愛しいものへ向けるものであるように見えたのは、思い過ごしなのだろうか。

「そう思えるのは、お前の心がたくましいからだ」

「！　たくましいのですか？　わたしが？」

「ああ。普通の姫君が敵対勢力に攫《さら》われて監禁されたりすれば、それだけで憔悴《しょうすい》して死んでしまうかもしれないな。お前は高貴な花に見えて、心は雑草《ざっそう》のように図太《ずぶと》い」

「雑草……」

「気に障《さわ》ったのか？　褒《ほ》め言葉だぞ」

「そ、そうですか……」

リドワーンの言い回しは実に独特で、アマリアはときに戸惑《とまど》った。

それなのに、少しずに彼に惹《ひ》かれている――

そう自覚しはじめた頃から、彼とは身体《からだ》を繋《つな》げることがなくなっている。

奇妙で不思議な関係だと思いながらも、アマリアはリドワーンとの会話を、いつも心から楽しんだ。

生活の場がリドワーンの部屋に変わった五日目の夜。

アマリアはいつものように、部屋に戻ってきたリドワーンの包帯《ほうたい》を替《か》えた。

怪我《けが》の回復は順調だった。傷口は完全に塞《ふさ》がっているとは言い難《がた》いが、よほどのことがなければもう開くことはないだろう。

が、手当てを終えた後、リドワーンが思いもよらないことを口にした。

「明日、お前を解放する」

「え……」

突然の宣告《せんこく》だった。

戸惑《とまど》うアマリアに、リドワーンの向けてくる視線はどこか憂《うれ》いを帯《お》びて見える。

「寂《さみ》しいのか？」

沈黙《ちんもく》が落ちた。

なんと答えていいのか、わからない。ここから解放されることを望んでいたはずなのに。

けれど、そうなると――

「もう……会えないのですか？」

アマリアはウインディアの王女として王宮へ返され、彼はこのまま反乱軍に身を置く。

そうなれば、互いがはっきりと敵対する環境に身を置くこととなる。

少しずつ、リドワーンに惹《ひ》かれていた。

それなのに、もう会えない？

「アマリア」

とくん、と心臓が跳《は》ねた。

初めて、リドワーンに名前を呼ばれた――

思った直後、とん、と軽く両肩を押され、寝台に押し倒された。

鼓動《こどう》が早くなる。

息がかかるほど近くに、リドワーンの顔がある。

「好きだ」

胸の中心が、火をつけられたように熱くなる。

想いが、報《むく》われた。心が通じ合っていたことが、この上なく嬉しい。

リドワーンがいてくれたからこそ、この過酷《かこく》な環境でも心が壊《こわ》れることがなかった――

ふいに、彼の指先が、アマリアの頬《ほお》に触《ふ》れてくる。

「嫌《いや》なら拒《こば》め」

リドワーンの薄い唇《くちびる》が、アマリアの白い頬《ほお》に触れた。

嫌《いや》ではない――少しも嫌《いや》ではない。

目を閉じた瞬間、アマリアの唇を、熱く湿《しめ》った何かが覆《おお》った。

(――あっ……)

口づけられた。

気付いて、かっ、と顔が熱くなる。

情熱と、彼の想いとが、唇から伝わってくる。

口内に、熱くやわらかな感触《かんしょく》が侵入してきて、アマリアの舌を捕《と》らえ、絡み、愛撫してくる。

「……んっ……」

呼吸が苦しくて顔を背《そむ》けると、彼の唇から解放された。

熱い吐息が漏《も》れる。心臓が、壊《こわ》れそうなほどに高鳴っていた。

リドワーンがふたたび唇を合わせようと顔を寄せてくる。

「……いや——」

とっさに口をついて出た言葉に、リドワーンの瞳が曇《くも》る。

「俺のことが嫌《きら》いか？」

言われて、アマリアは首を横に振った。

ちがう。そうではない。そうではなくて——

「もう…会えなくなってしまうのに、こんなのは……」

こんなのは、残酷《ざんこく》すぎる。彼のもとから離れたくない。

想いが溢《あふ》れて、涙がこぼれた。

リドワーンは腕を伸ばし、アマリアの頭をかき抱《いだ》いてくる。

互《たが》いの頬《ほお》が、ぴたりと寄り添《そ》う。

「会えるさ。革命《かくめい》が終わればな」

「……本当に？」

「ああ。だがな、これから本当の戦いになる。そうなれば、この間のようにはお前を守ってやれない」

戦闘《せんとう》が激《はげ》しくなれば、リドワーンがアジトを留守《るす》にする時間も長くなるだろう。

その隙《すき》に、この間のような無法者《むほうもの》がまたアマリアを襲《おそ》ってやろうと押し掛《か》けるかもしれない。ともすれば、命まで奪《うば》われてしまうかもしれない。

触《ふ》れ合っていた頬《ほお》が離れ、リドワーンが正面からアマリアを見据《みす》えてくる。

「だから、お前を解放する。お前のために身代金《みのしろきん》を用意したという貴族も現《あらわ》れた」

「え……」

「お前を解放するちょうどいい口実《こうじつ》ができたんだよ」

いったいどこの誰が、王家の血も引いていない、国に見捨《みす》てられた『王女』のために身代《みのしろ》金《きん》を用意してくれたのだろう。

でも、それよりもいまは、もっとずっと切実に気になることがある。

「本当に、また……会えるのですか？」

こつん、と額《ひたい》と額《ひたい》が軽くぶつかる。

「心まで俺のものになると誓《ちか》えばな」

リドワーンの武骨《ぶこつ》な指が、アマリアの顎《あご》に添《そ》えられる。

それが口づけの前触《まえぶ》れであることがわかり、アマリアは拒《こば》まなかった。

ふたたび重《かさ》ねられた唇から伝わってくる熱が全身にまわる。

口内に差し入れられた彼の熱い舌が、アマリアの舌にゆるゆると絡《から》んでくる。

(——気持ちいい)

幸福感と心地《ここち》よさの中を漂《ただよ》っていると、ふいに唇を解放された。

互《たが》いの吐息が混じりあう。

「俺のものになるか?」

「……ふぅ……ぅん……」

熱に浮かされ、くらくらする。

問いかけに答えられずにいると、今度は嚙《か》みつくように口づけられた。

「んっ……」

肉厚の舌で口内を隅々《すみずみ》まで蹂躙《じゅうりん》されているうちに、意識までとろとろに溶《と》かされてゆくようだった。唇を離すと、透《す》き通《とお》った唾液《だえき》が糸を引いた。

「俺の女になると誓《ちか》え」

命じてくるリドワーンの瞳には、抗《あらが》いがたい強さと色気があった。

「——はい……」

抗《あらが》うすべもなく、アマリアは陥落《かんらく》した。

リドワーンが愛しげに瞳を細める。

「いい子だ――」

ささやいて、リドワーンはアマリアの片脚を持ち上げた。

口づけで与えられた官能で、湿《しめ》り気を帯《お》びた淫唇が空気に触れてひやりとする。愛撫《あいぶ》に期待《きたい》した陰部に、リドワーンの中心が押し当てられた。灼熱《しゃくねつ》の先端《せんたん》が蜜口に触れると、それを切望した秘部が疼《うず》き、陰唇がひくりと震《ふる》えた。

いきり立った雄芯が、アマリアの蜜口を押し開き、ぐんっ、と侵入してくる。

「！　あっ……ああっ！」

慣《な》らされずに押し入ってきた熱い塊《かたまり》が、まだ未熟《みじゅく》なアマリアの内部をぎちぎちに満たす。圧倒的《あっとうてき》な質量《しつりょう》に、小さな肉道は悲鳴を上げているかのようだった。

「やはり狭《せま》いな――」

つぶやいて、リドワーンはゆっくりと腰を動かす。

こうされることを待ち望んでいたはずなのに、まだ男を受け入れることに慣《な》れきってはいない肉洞に、きしむような痛みが走る。

「――やっ……い、痛いっ……」

「それも嫌《きら》いじゃないんだろ？」

耳元で意地悪《いじわる》くささやかれ、吐息の温度にぞくぞくする。

「――はっ……あっ…あぁ……ふっ……」

抽挿《ちゅうそう》されているうちに、裂けるような痛みが快感に変わってゆく。

この熱さも、質感《しつかん》も、満ちてゆく感覚も――五日間ずっと味わっていなかった。

「あっ……あぁん……」

胎内が歓喜《かんき》に震《ふる》え、柔肉がリドワーンに絡《から》みつくのがわかる。

「すごいな――絡《から》みついてくる」

「うぅん……あぁっ……やぁ…んっ！」

「いやらしいな。どんどん濡《ぬ》れてくる」

久々に与えられたリドワーンの分身を味わい尽《つ》くそうと、淫唇が透明な蜜を溢《あふ》れさせているのを感じる。淫蜜でいっぱいになったそこは、彼が動くたびに、ぐちゅ、ぐちゅ、とあさましく音を立てる。

アマリアはいたたまれなくなって、彼の肩に顔を押し当てた。

「……だって、わたし……あっ！」

突き上げられて、身体《からだ》が跳《は》ねた。

「なんだ？　言ってみろ」

「……ずっと、欲しかった…から……」

言ってしまって、すさまじい羞恥《しゅうち》に襲《おそ》われた。

呆《あき》れられてしまっただろうかと彼の顔を見ると、優しげとも言える表情でこちらを見ていた。

「本当に可愛い姫様だ――」

「んっ……」

リドワーンの唇がアマリアの唇をふさいだ。

と、秘裂で抜き差しされるリドワーンの動きが、激しさを増した。

口の中を甘やかに愛撫していたやわらかな熱の塊《かたまり》も、次第に蹂躙《じゅうりん》するような動きに変化してくる。

「……――!」

叩きつけるような刺激を秘裂に与えられながら、口内を蹂躙《じゅうりん》され、アマリアは身悶《みもだ》えした。そのわずかな動きすら、リドワーンの逞《たくま》しい腕に抑え込まれる。

ふさがれた唇からは嬌声《きょうせい》を上げることもできず、逃げ場のない熱が体内を巡る。

快楽で上げた悲鳴は、そのまま彼に飲み込まれた。

熱が凝縮《ぎょうしゅく》されてゆく。

「……っ!」

昂《たか》ぶった熱が、弾《はじ》けた。

身体《からだ》が大きく震え、一瞬、意識が遠のいた。

唇をふさいでいた熱が、ふぅっ、と離れてゆく。

「達《たつ》したのか――」

「……ん……」

とろりとした意識に浸《ひた》ったまま、アマリアはうなずく。

リドワーンはアマリアの頬に唇に、何度か軽く口づけた。

そのまましばらく、リドワーンはアマリアの髪を指に絡めたり、口づけたりして、アマリアが忘我《ぼうが》の境地から戻ってくるのを待ってくれた。

少し熱が落ちた頃、リドワーンが口を開く。

「アマリア」

「……はい」

「解放されたら、すぐにでも亡命しろ。革命が起これば、王族はまちがいなく血祭りに上げられる」

「……！　でもっ……」

「お前にはウインディア王家の血が流れてないんだろう？」

彼の言う通りだ。

アマリアに流れているのは、母方のゼノビア王家の血筋と――あとの半分はわからない。

「――はい」

「なら、この国に留まる理由はない。カンパニアにでも亡命して、普通の娘のふりをしていろ」

「カンパニアに……」

ウインディアより遥か南西にある王国の名を、アマリアは繰り返す。

「ああ。カンパニアは、南の内海に面した、暖かく穏やかな農業国だと聞いている。カンパニアにサンレモという港町がある。そこで落ち合おう」

「絶対に…迎えに来てくれますか？」

「約束する。サンレモの中央広場に、女神像の噴水がある。新月の夜にそこで待っていろ」

「はい……んっ……」

体内に留まっていた彼の雄芯が、ずるり、と引き抜かれるのがわかった。

秘所が寂しげにひくついた。

そこに、リドワーンがぐっ、と指を挿《い》れてくる。

「あっ……」

「まだ欲しそうだな。食いついてくる」

口元に嗜虐的《しぎゃくてき》な笑《え》みを薄く浮かべて、リドワーンがつぶやく。

彼がこういう表情《かお》をしたときは、とことんまでアマリアを苛《いじ》め抜くときだ。

怯《おび》えと期待が入り混じり、陰部がきゅっと疼《うず》く。

アマリアは覚悟《かくご》して目を閉じた。

なのに、彼は淫唇から長い指を引き抜くと、それきりそこに触れようとしない。

拍子《ひようし》抜《ぬ》けしたような奇妙な気分で閉じていた瞳を開く。

「苛《いじ》め…ないの？」

「苛めて欲しいのか？」

「そ、そんなこと……」

「だろうな。高貴な姫君が、淫《みだ》らに男を欲しがったりするはずがない」

からかうように言いながら、彼はアマリアの白い胸に手をかけた。

乳房の重量を楽しむかのように、両手のひらでふくらみを持ち上げて、ゆっくりと揉みしだいてくる。

「……あっ……」

リドワーンの唇が、胸元に落とされる。

中心の蕾《つぼみ》には触れず、白いふくらみに吸い上げるようなキスを落とされ続け、一度は治まったはずの熱が昂《たか》ぶってゆく。

「——ああっ……」

吸い上げられた素肌《すはだ》に、口づけの跡《あと》が増えてゆく。

それなのに彼の唇は、いちばん敏感な中心の部分には触れてくれない。

アマリアはうずうずして、もの欲しげな視線をリドワーンに送る。

ちゃんと、そこにも触って欲しい――

ふいにリドワーンの指先が、かすかに乳頭をかすめた。

「ひゃっ……！」

たったそれだけで、鋭い快感が奔《はし》る。

ぴくん、と小さく身体が跳ねた。

もっともっと、そこに触って欲しい。以前にしてくれたように、唇で、指先で、たくさん可愛がって欲しい。

さらなる刺激を期待して、赤く充血した蕾《つぼみ》が甘く疼く。

「リド、ワーン……」

「リドでいい」

「はい……リド。あの……胸を……」

言いかけて、ハッとした。

(わたしは……いま、なにを言おうと……？)

「…なんでも…ありません……」

「言ってみろ。胸を――どうして欲しい？」

焦《じ》れているのを、わかっていて訊いている――

アマリアは羞恥《しゅうち》でさらに顔を赤くした。

黙《だま》って顔を背けると、軽く顎《あご》をつかまれ、正面を向かされた。

「言え。どうして欲しい？」

獲物をいたぶる肉食獣のような、爛々《らんらん》とした目で訊いてくる。

「言ってみろよ」

さらに問い詰められて、泣きたくなった。

そんなはしたないことを口にできるはずがない。

「お前の好きなようにしてやる。言ってみろ」

薄紅色の蕾《つぼみ》は赤く色づき、切ないくらいに疼《うず》いている。

耐えられなくなって、アマリアはおずおずと懇願《こんがん》する。

「……む、胸を…いつものように……してください……」

「いつも？　どうしていたか忘れてしまった」

(——意地悪！)

アマリアは熱に浮かされた瞳で、リドワーンを睨《にら》みつける。

「そんな目をするな。——もっと苛《いじ》めたくなるだろう？」

言って、赤く熟《う》れたアマリアの乳頭を軽く弾《はじ》く。

「…ひゃっ……あぁ……」

っている。

「ほら、ねだってみろよ」

訴えるような視線を送るも、リドワーンは意地の悪い笑みを浮かべてアマリアの言葉を待っている。

口に出してお願いするまでは、どうしても触ってくれないらしい。

アマリアは羞恥《しゅうち》で身を震わせながら、もう一度はしたない願いを口に出す。

「――む、胸……を、たくさん可愛がってください……」

「胸ならちゃんと可愛がってるだろ？」

言いながら、ふくらみを揉みしだく指先に力を入れてくる。

その刺激に反応し、ますます蕾が切なく疼く。

もう限界だ。

「……真ん中の…その、赤い…部分にも……触って、ください……あっ！　あぁっ…ん！」

ちゅっ、と音を立てて、リドワーンはアマリアの乳頭に口づけた。

そのまま強く吸い上げられると、背筋が快感でぞくぞくした。

「淫乱のくせに、お上品な言い方をする。もっと卑猥《ひわい》な言い方をさせたかったんだがな――

ああ、そんな表情をされては俺のほうが堪《た》えられない」

言って、リドワーンはアマリアの胸に顔を埋める。

「――ふぁ…あぅ…ん……んんっ！」

唇の粘膜で蕾を覆《おお》われ、肉厚な舌で舐めまわされると、気が遠くなるほど気持ちいい。

無意識のうちに、アマリアは腰を揺らしていた。

待ちきれなくなった陰部がとめどなく愛液を溢《あふ》れさせ、リドワーンを求めている。

「こっちも限界か？」

と、リドワーンが指の腹で、アマリアの秘裂をなぞった。

蜜の絡んだ指先で肉芽ごとぬるりと嬲《なぶ》り上げられて、アマリアは大きく腰をうねらせた。

「——ひゃんっ！」

「胸だけでこんなに感じていたのか」

透明な粘液の絡んだ指で、リドワーンはアマリアの乳首に触れてくる。

劣情を見せつけられているようで、いたたまれない気持ちになる。

「かわいそうなことをした。淫乱姫に五日間のおあずけは辛かっただろう？」

羞恥に悶《もだ》えるアマリアを見下ろし、愛蜜で濡れた指で、アマリアの乳頭を愛撫してくる。

愛らしい蕾は官能の証《あかし》を塗《ぬ》りたくられ、ぬらぬらと淫靡《いんび》に光を弾いた。

耳殻に、リドワーンの熱い吐息と声が吹き込まれる。

「綺麗だぞ、アマリア」

カッ、と耳まで赤くなるのがわかった。

こんな卑猥《ひわい》な姿を褒められても、喜べるはずがない。ただ羞恥が募《つの》るだけだ。

どうもリドワーンには、アマリアが照れたり恥ずかしがったりするのを見て悦《よろこ》んでいる節がある。

こういう振る舞いをする男のことを、なんというのだろう。

たしか、王城の女官たちが言っていたのは——

「……すけべ」

言ってやると、リドワーンは一瞬、目を見開いた。

かと思うと、「はっ！」と弾かれたように屈託《くったく》なく笑った。

いったい、なにがそんなにおかしかったのか。彼は身を震わせて笑っている。

「…そ、そんなに面白いことは、言っていません……」

「ああ、そうだな。ただ——」

発作《ほっさ》のような笑いが治まった後、彼は、

「……お前が可愛いから、いやらしいことをしてやりたくなるんだよ。こんなふうに——」

と、くるりと身体《からだ》を反転させられた。

うつ伏《ぶ》せにさせられ、膝《ひざ》を折り曲げ、臀部《でんぶ》を突きだすような格好にさせられる。

「！　な、なにを……ひゃっ！」

卑猥《ひわい》な姿勢のまま、後ろから秘所に指を入れられ、愛蜜で蕩《とろ》けている内部をくちゅくちゅとかき回される。

武骨な指が肉壁に当たるたびに、痺《しび》れのような快感が奔《はし》った。

「つ！　あっあっあっ……あぁっ！」

「いいだろう？　後ろから犯されるのも――」

「……ぅ、あんっ！」

淫唇を押し広げ、さらに二本の指が一度にねじ込まれてくる。

うねるようだった指の動きが、激しく抜き差しするものに変化した。

三本の長い指が、アマリアの隘路《あいろ》をずぐずぐと犯し尽くす。

「あっ…あっあっあっあっ……」

秘裂を犯す動きに合わせて、唇から淫らな声が漏れる。

「――だめっ！　もう…だめっ、だめっ……」

涙声で訴えると、内部を圧迫していた指がぬるりと引き抜かれた。膣内に満ちていた愛液が、いっしょにどろりと体外へ出るのを感じる。

「ふぅ……ふぅっ……はぁ……」

太腿《ふともも》も敷布も、淫らな蜜でぐしょぐしょに濡れている。まるで粗相《そそう》をしてしまったようで、いたたまれない。

全身で呼吸していると、背後から覆《おお》いかぶさるような姿勢のまま、リドワーンが言ってくる。

「すけべ女」

さきほどの意趣返《いしゅがえ》しだろうか。

リドワーンは妙に艶《つや》めいた声音で罵《ののし》ってきた。

「んぅ……」

恨《うら》みがましい目で彼を振り返ると、欲望に爛々《らんらん》と輝く瞳と目が合った。

「そのまま腰を上げろ」

命じられて、耳を疑った。

このまま腰だけ持ち上げるなんて、それではまるで、獣《けもの》のようだ。

「――い、いやです……あっ！」

背後から胸元に腕をまわされ、そのまま両方の乳房を揉みしだかれた。

形が変わるほどに激しく捏《こ》ねまわされ、敏感になった乳頭まで刺激してくる。

「やっ！　あぁっ！　あぁんっ！」

感じるたびに秘所の柔肉が、じゅくじゅくに熟れてゆく。

背後から耳元に、淫靡《いんび》なささやきが吹き込まれる。

「挿《い》れて欲しいんだろ？　腰を上げろよ」

「い…いやぁ……」

アマリアは頭を振って抗う。

と、秘裂をひやりとした何かでなぞられた。

「――ひゃっ！　やっ……なに……？」

見れば、リドワーンが手にしているのは、いつか護身用にと渡された、玉石の付いた短剣だった。

なめらかに磨かれた玉石の部分で、アマリアの肉芽を舐《な》めるようにいたぶってくる。

「っ…やっ……！」

硬く、つるつるした玉石で苛《いじ》められると、指の腹で弄《いじ》られるときとはまたちがった快感が走る。

ぐりっ、と強くこすり上げられて、アマリアは嬌声を上げる。

「ひっ……やぁんっ……！」

リドワーンが、低く笑った。

「淫乱姫はこんなものでも達してしまうのか？」

言いながら、さらに玉石で淫核をぐりぐりと責め立ててくる。

このままでは、本当にこれで気をやってしまう。

「い、いや……」

血の通っていない道具で犯されて、達してしまうなんて浅ましすぎる。

そんな姿、絶対に見られたくない。

「嫌？　その割には感じてるじゃないか」

短剣で憐れな肉芽を嬲《なぶ》りながら、そんな意地の悪いことをささやいてくる。

「わたしは――リドの…で、達《い》きたい…です…」

言うと、後ろから顎《あご》をつかまれて、そのまま口づけられた。

不自然な体勢のせいで、お互いの舌先をわずかにしか絡ませることができなかったけれど。

唇を離すと、短剣ではなく、リドワーン自身の血の通った切っ先で肉芽を嬲《なぶ》られた。

「……ぁん……」

淫唇に肉塊が押し当てられると、アマリアの内部は快楽への期待で小さく痙攣《けいれん》した。

「淫乱で可愛いアマリア――そんなにこれが恋しいか？」

「……はい」

「だったら、腰を上げろ」

「……ん……」

命じられるまま、アマリアは腰を持ち上げた。

白い尻と、とろとろに蕩けた秘所をリドワーンに突き出す。

あれほど恥じらった獣の姿勢で、彼に犯されるのを待っている。

「そそるな。最高にいやらしい――」

そう言われて尻をなで上げられると、背筋がぞくりと震えた。

「言ってみろ。どこに、なにが欲しい？」

「……ここに……」

「ここか？」

ぬるり、と蜜口のまわりを指でなぞられる。

「…はい……そこの、あ、穴……に、リドの…大きいの、を…ください……」

リドワーンの両手が、アマリアの腰にかけられる。

熱く滾《たぎ》った雄芯が秘裂にあてがわれ、二度、三度、肉芽を刺激された。

「あっ……あぁっ……リド……きもち、いい……あっ、あぁんっ！」

「挿《い》れてやるよ。じっくり味わえ——」

ずぐん、と蜜道に剛直が突き入れられた。

強すぎる衝撃《しょうげき》が、足の裏にまで突き抜ける。

「——ああっ……！」

「アマリア——」

どこか切なげな声で名を呼び、リドワーンは激しく腰を打ちつけてくる。

そのたびに、肉洞をいっぱいに満たした雄肉で媚壁を刺激され、打ち付けられる臀部《でんぶ》で、平手打ちをされているような高い音が響く。

肌と肌がぶつかり合い、アマリアの白い尻が、ほの赤く染まってゆく。

「あっ……ああっ、ああっ……ああっ！」

背後《はいご》から、めちゃくちゃに突きまわされて、アマリアは悲鳴のような嬌声《きょうせい》を上げた。

出し入れされるたびに肉芽がこすれて、意識が飛びそうなほどに気持ちいい。

打ち付けられるたびに尻に走る痛みすら、新たな快感を呼び起こす。

「ああっ！　ああっ、あっ……ふぁん……！」

快楽のあまり、アマリアは淫らに腰を振っていた。

本当に獣《けもの》になってしまったかのように、ただただ与えられる快楽を貪《むさぼ》る。

リドワーンの荒い息づかいを聞き、彼もまた昂《たか》ぶっているのだと意識する。

「ああ、すごいな……お前の中は——俺のものに、むしゃぶりついてくる——」

「あぁっ……んっ！」

アマリアの腰を掴《つか》んでいた手が、胸元に移動《いどう》する。

力任《ちからまか》せに乳房を揉《も》まれ、掴《つか》まれ、捏《こ》ねまわされ——欲望のままに蹂躙《じゅうりん》されているという事実が、余計にアマリアの被虐心《ひぎゃくしん》を昂《たか》ぶらせる。

ずんっ、ずんっ、とアマリアの媚肉を抉《えぐ》りながら、リドワーンがささやく。

「アマリア——気持ちいいか？」

乳房と肉洞とを激しく攻めながら、そんな当たり前のことを訊いてくる。

「——はぁ……つん…はい…あっ、ん…きもち、いい……です……」

「俺もだ。もう、達《い》きそうだ――」

「ん……うぅん……はぁ、あっあっあっあぁっ……!」

「くっ――」

突き挿《い》れられた雄肉が、びくん、と脈動《みゃくどう》した。

胎内に、熱い迸《ほとばし》りが放たれる。

「あぁぁっ……――」

アマリアは歓喜の声を上げ、同時に絶頂を迎えた。

第四章　フォルテ屋敷

明くる日、アマリアは十七日ぶりに反乱軍のアジトを出た。

黄色い小鳥の入った籠《かご》を手に、リドワーンとふたりきりで小さな馬車に乗り込んだ。

陽の光がまぶしい。

昨夜、一睡《いっすい》もせずにリドワーンと睦《むつ》みあったせいで寝不足《ねぶそく》の瞳に、朝の光が刺さるようだった。

が、となりで手綱《たづな》を取るリドワーンを見れば、何事もなかったような涼しい顔をしている。

ふいに目が合うと、軽く頭を撫でられた。

こんなふうに、彼と戯《たわむ》れられるのも、あと少しの間だけ――

寂《さみ》しさを抑えてほほえむと、籠《かご》の中でレニがピィ、と鳴いた。

街道《かいどう》から少し入った細い道を、馬車は進む。

陽の高さから推測《すいそく》すると、正午を少し過《す》ぎた頃だろうか。

「ここだ」

と、リドワーンが馬車を停《と》めたのは、澄《す》んだ水の流れる小川のほとりだった。大人がなんとか飛び越えられるほどの幅《はば》しかない、小さな流れだ。

アマリアは彼に抱きかかえられるようにして、馬車から降りる。

ひたひたと別れのときが近づいている。

革命《かくめい》が終わったあと、カンパニアのサンレモという港町で。新月の夜に、中央広場にある女神像の噴水《ふんすい》の前で。

また会えるから、寂《さみ》しくない――

泣き出してしまわないように必死に自分に言い聞かせながら、リドワーンとともに川辺を歩く。

そのうちに、細い川の反対側に、ひとりの男が立っているのが見えてきた。凜《りん》とした立ち姿だけでも、それが貴公子であることがわかる。

アマリアは瞠目《どうもく》した。

少しくせのある銀色の髪の、端麗《たんれい》な顔立ちの青年は――

「――ギル！」

身代金《みのしろきん》を用意した貴族。

そう言われたとき、どうして思い至《いた》らなかったのだろう。

言葉が出ず、立ち尽《つ》くしているとリドワーンが腰のあたりに手をまわしてきた。

はっとしてリドワーンを見上げる。

と、そのまま口づけられた。

「……っ！」

ギルフォードの目の前で、わざと見せつけるように、舌を使った濃厚《のうこう》な口づけをしてくる。

「――んっ……」

呼吸が苦しい。

抗《あらが》っても、リドワーンはアマリアの唇を解放しようとしない。

長い長い口づけを終え、ようやくリドワーンが唇を離す。

心臓がどくどくと早鳴っている。

鼓動《こどう》を治めようと胸に手を置くと、髪を撫《な》でられた。

「約束だ。サンレモで待っていろ」

「……はい」

頷《うなず》くと、リドワーンは微笑《びしょう》した。

「行け」

それだけ言って、リドワーンがそっと背中を押してくる。

アマリアは彼の手を離れ、ひとりでギルフォードのもとへ歩いてゆく。

小川にかかった小さな橋を渡ったむこうで、かつての恋人が待っている。

数歩で渡《わた》れる橋《はし》を越《こ》え、アマリアはギルフォードの目の前に立った。

「ギル……」

言いたいことも伝えたいことも、たくさんありすぎる。なにから口に出せばいいのかわからない。

こちらを見つめてくるギルフォードの青い瞳は、愛情と憐《あわれ》みに満ちている。

それだけでアマリアは、彼がどれほど自分のことを心配してくれていたかを思い知った。

「お待ちしておりました、アマリア様」

そう言った声音は、あくまで優しい。彼はその場で片膝《かたひざ》をつき、アマリアの手を取ると、甲に口づけてくる。

そのしぐさに、胸が締《し》めつけられるようだった。

彼は、最後に会ったあのときとなにも変わっていない。

対してアマリアはといえば、純潔《じゅんけつ》を失い、官能を知り、別の男のものになると誓った。

もう、彼に愛されていた清らかな乙女ではなくなっている。

「……ごめんなさい」

「なぜ、あなたが謝《あやま》るのですか」

ギルフォードが音もなく立ち上がる。

「謝《あやま》るのは私のほうです――あのとき、なんとしてもあなたのお傍《そば》を離れるべきではなかった」

深い後悔《こうかい》のにじむ声。

アマリアは首を横に振った。

「あなたは、なにも悪くありません……」

「本当に、お優しい方だ」

言って、壊《こわ》れものにでも触《さわ》るような繊細《せんさい》な手つきで、アマリアの頰《ほお》に触れてくる。

いたたまれなくなって、ギルフォードから視線を逸《そ》らした。

自分には、こんなふうに大切に扱《あつか》ってもらえるような価値《かち》はない。

「行きましょう。馬車を待たせてあります」

「……はい」

ふと、アマリアは去りゆくリドワーンの後ろ姿に目をやった。

リドワーンは一度もこちらを振り返らず、迷《まよ》いのない歩調《ほちょう》で去ってゆく。

それを見て、急に不安が押し寄せてきた。

もう、彼に会えないかもしれない――

思うと、涙が溢《あふ》れた。

頬《ほお》を伝った熱い液体を、ギルフォードが指の腹でそっと拭《ぬぐ》ってくる。

「お可哀想《かわいそう》に――」

「えっ……」

「もう大丈夫です。怖ろしいことは何も起こりません。あの者は、いつか必ず私がこの手で葬《ほうむ》ります」

そう言って、ギルフォードがリドワーンの背中に向けた視線は、冷たい怒りに満ちている。

その異様ともいえる雰囲気に、アマリアは戸惑《とまど》う。

いつもの貴族然とした彼とは、纏《まと》う空気がまるでちがう。宝石のような青い瞳に、狂気、といっていいほどの憎悪《ぞうお》を宿らせたギルフォードを、アマリアははじめて目の当《ま》たりにした。

ざわり、と胸が不穏《ふおん》に騒《さわ》ぐ。

「ギル、やめてください、そんな――」

ふっ、とギルフォードの瞳に映《うつ》っていた青い炎が消えた。

ふたたびこちらを見つめてくる彼は、いつもの穏《おだ》やかなギルフォードだ。

「ご心配なく。あのような盗賊《とうぞく》に、私が負けることはありません」

安心させるように微笑《ほほえ》んでくれる。

アマリアは落ち着かない気持ちで、自らの胸に手を置いた。

（――さっきのは、なに？）

動揺《どうよう》しながらもギルフォードの手を借りて、彼の馬車に乗り込む。

馬車に付いた小窓《こまど》から、もう一度リドワーンの去ったほうへ目をやったけれど、すでに彼の姿はなかった。

ギルフォードの実家に当たるフォルテ屋敷の人々は、この上なく丁重《ていちょう》にアマリアを迎え入れてくれた。

「お疲れでしょう」と、はじめに案内されたのは、敷地《しきち》の一画《いっかく》に設《しつら》えられた豪華な大浴場《だいよくじょう》だった。

天然の温泉水を引いているという浴場は、フォルテ屋敷の名物だ。

入浴の世話のためにと付いてきた若い女中を、アマリアは「ごめんなさい。ひとりで入らせてください」と断《ことわ》った。

胸元には、リドワーンに付けられた口づけの跡《あと》が無数《むすう》に残っている。人目に晒《さら》すには、あまりにもはしたない。

なんとかひとりで入浴させてもらう許可を得て、浴場に入る。

と、薔薇《ばら》の香気《こうき》が鼻孔《びこう》をかすめた。

古《いにしえ》の神殿《しんでん》のような円柱《えんちゅう》に支えられた天井は見上げるほどに高く、色鮮やかなタイルを使ったモザイク画の床は華やかで、温泉には色とりどりの薔薇《ばら》の花が浮かんでいる。香りのもとは、これのようだ。

湯から上がると、青い小花柄の清楚《せいそ》なドレスが用意されていた。

着替《きが》え終えると、さきほどの女中がすかさずやってきて、冷たい紅茶と焼き菓子を用意してくれる。

断るのも気が引けて、アマリアは甘いお菓子を紅茶といっしょにいただいた。

ギルフォードの父親に当たるフォルテ屋敷の主人に挨拶《あいさつ》をしたのち、アマリアのために用意されたという、屋敷《やしき》の南東にある部屋に案内してもらう。

一階の中庭に面したその部屋は、白と青を基調《きちょう》にまとめられた品の良い空間だった。

白地に水色の蔓草模様《つるくさもよう》の壁紙《かべがみ》は涼やかで、カーテンも寝台の掛け布も、鮮やかな青い花柄だ。海水を固めたような色合いの硝子《ガラス》の花瓶《かびん》に活けられた花々は、元気の良い黄色で、見ているだけで心が弾《はず》みそうになる。

ひと足先にこの部屋に案内されていたレニは、竹籠《たけかご》ではなく、立派な鉄細工《てつざいく》の鳥籠《とりかご》に入れられて、得意《とくい》げな声で鳴いている。

「素敵《すてき》なお家《うち》をもらったのね」

言って、鉄の鳥籠《とりかご》を開けてやると、レニは住《す》み処《か》を出てアマリアの肩にとまった。

晩餐《ばんさん》まで、あと少しだけ時間がある。

少し休ませてもらおうと寝台に身を横たえると、猛烈《もうれつ》な眠気《ねむけ》が襲《おそ》ってきた。

そのままアマリアは泥《どろ》のような深い眠りに沈《しず》み、この日の晩餐《ばんさん》に参加することは叶わなかった。

✿　✿　✿

「王女様は眠っておいでです。お起こし申し上げてもよろしいものでしょうか？」

「――いや、そのまま眠らせて差し上げてくれ」

かしこまりました、と女中長が一礼する。

熟睡《じゆくすい》できるほどにくつろいでくれたのだと、ギルフォードは安堵《あんど》した。

傷付き、疲《つか》れ果てたアマリアを、少しでも癒すことができたのであればそれでいい。残念なのは、彼女とともに晩餐《ばんさん》を楽しめないことか。

少しでもアマリアの慰めになればと、今宵《こよい》はアマリアの好きな鴨料理《かもりょうり》を用意させていたのだ。料理長が腕を振るった鴨《かも》のローストは絶品《ぜっぴん》で、これがアマリアの口に入らないのだと思うと惜《お》しい。食後には、若い娘の好むであろう冷菓も焼き菓子も、それこそ山のように用意させている。

「アマリア様がお目覚めの際《さい》、不自由なさらないように気を配って差し上げてくれ。なにかご要望《ようぼう》があれば、多少無理《たしょうむり》でも聞き入れて差し上げてほしい」

かしこまりました、と女中長はまた一礼する。

アマリアに付けた女中も、屋敷《やしき》の中でいちばん気の付く陽気《ようき》で心根《こころね》の優しい娘を選ばせた。突如、王女様の世話係に任命《にんめい》されたサァラという名の娘は、最初はガチガチに緊張していたが、女中長の指導《しどう》もあって、うまく振《ふ》る舞《ま》えるようになったようだ。

「ギルフォードさまギルフォードさまギルフォードさまっ！　王女様はっ！　わたしがお出ししたお菓子と紅茶をお召し上がりになりました！　とてもおいしいとおっしゃって笑ってくださいましたっ……あわわ、わたしの名前も訊《き》いてくださってサァラと呼んでくださいました！　王族の方があんなふうにお声をかけてくださるなんて……ああ～！　どうしましょどうしましょどうしましょどうしま――」

「あなた、少しお黙《だま》りなさい」

女中長にたしなめられて、サァラはぴたりと黙《だま》る。

ギルフォードは苦笑した。

「いいんだ。あなたは明るい方だね。アマリア様の話し相手になって差し上げておくれ」

「はいっ！　はいはいはいはいはい喜んで！」

「申し訳ありませんギルフォード様。いつもはもう少し落ち着きのある娘なのですが、なにぶん舞い上がっているようで……」

顔を赤くして詫《わ》びる女中長を見て、笑いを噛《か》み殺すのに苦労した。

いつも眼鏡《めがね》の奥の瞳を鋭《するど》く光らせているこの女中長が動揺《どうよう》するところなど、ギルフォードは生まれてこの方、一度も目にしたことがなかったのだ。

しかし、使用人たちが動揺するのも無理はない。

子爵家《ししゃくけ》の屋敷《やしき》に王族が滞在《たいざい》する機会《きかい》など、一代に一度あるかないかの大変な出来事だ。

アマリアを受け入れることとなったフォルテ屋敷の内部は、アマリアの目に触れない場所において、蜂《はち》の巣《す》をつついたような大騒《おおさわ》ぎになっていた。フォルテ屋敷の善良な使用人たちは、突如《とつじょ》訪《おとず》れた王女殿下《おうじょでんか》をもてなそうと、それこそ死力を尽《つ》くして自らの役割《やくわり》に従事《じゅうじ》している。

——今のアマリアを、王城へ連れて帰るのは酷《こく》だろう。

そう判断《はんだん》したギルフォードは、しばらくの間、アマリアをフォルテ屋敷に留《とど》めておくことに決めた。

王城でアマリアを待っているのは、やたら気位《きぐらい》の高い使用人たちに、下世話《げせわ》な噂話《うわさばなし》が大《だい》好物《こうぶつ》の貴族連中だ。反乱軍などという野蛮《やばん》な集団に拉致《らち》された王家の娘など、そういった人種《じんしゅ》からすれば格好《かっこう》の噂《うわさ》の的《まと》だ。

もしもいま、アマリアが王城へ戻れば、まちがいなく好奇に満ちた視線に晒《さら》される。心身ともに深い傷を負ったアマリアには、残酷《ざんこく》すぎる環境《かんきょう》だ。

それよりは素朴《そぼく》で屈託《くったく》のない空気の流れるフォルテ屋敷にいたほうが、アマリアの負担《ふたん》も少ない。王城のように洗練《せんれん》されてはいないが、温かみのあるこの屋敷の雰囲気を、アマリアが気に入ってくれるといいのだが。

「王女様は小鳥がお好きなのでしょうか？　でしたら、明日の朝は庭園を案内して差し上げてはいかがでしょう？　いまの時期は、水飲み場にたくさんの小鳥が来ておりますよ」

「ああ、ありがとう。お疲《つか》れでないようであればお連れしてみるよ」

あの黄色い小鳥は、反乱軍の首領《しゅりょう》であるリドワーンに贈《おく》られたものだと、馬車の中でアマリアから聞いた。

目の前でアマリアを抱き寄せ、見せつけるように唇を貪《むさぼ》ったあの盗賊《とうぞく》。

あの男が、汚《けが》れを知らなかったアマリアの白い肌を好き放題《ほうだい》に弄《もてあそ》び、純潔《じゅんけつ》を奪《うば》ったのだと思うと、冷たい怒りが湧《わ》き上がってくる。

リドワーンが率《ひき》いる反乱軍は、王国軍より出された討伐隊《とうばつたい》をことごとく撃破《げきは》し、日々勢力を増していると聞いている。

近いうちに王国軍は、反乱軍に対し本格的《ほんかくてき》な軍隊をぶつけることになるだろう。

その戦いに、当然ギルフォードは参戦《さんせん》するつもりでいる。

ギルフォード自身の手でリドワーンの首級《しゅきゅう》を上げ、アマリアの受けた屈辱《くつじょく》を晴らしてやらなければ、彼女が心から安らいで暮《く》らせる日など、永遠に来ないような気がするのだ。

✿　✿　✿

ピィ！　というレニの愛らしい鳴き声で、アマリアは目を覚ました。

「——ん……」

いちばんに目に入ったのは、天蓋《てんがい》に描《えが》かれた女神画の淡い色彩だった。

室内の空気は清浄《せいじょう》で、かすかに甘い花の香りがする。

（——ここは……そうだわ、ギルの——）

反乱軍のアジトでなく、フォルテ屋敷《やしき》だ。

寝台から降りると、履《は》き物ごしにも絨毯《じゅうたん》の長い毛足の感触《かんしょく》が伝わってくる。

アマリアはレニを鉄の籠《かご》から出してやった。広々とした青い室内を、レニは気持ちよく羽《は》ばたく。

いったいどれほどの間、眠っていたのだろう。静まり返った空気から察するに、早朝であるような気がするのだけれど——

そのとき。遠慮《えんりよ》がちに扉がノックされ、昨日と同じ女中の娘ことサァラが部屋に入ってきた。

「おはようございます王女様」

「おはようございます」と返しながら、やはりいまは朝なのだと認識する。

サァラの押してきたワゴンには、洗面用の湯と水、白磁《はくじ》でできた洗面器《せんめんき》、肌を整えるための薔薇水《ばらみず》や整髪用の椿油《つばきゆ》などがのっている。

身だしなみを整え終えると、サァラは温かい紅茶を淹《い》れてくれた。

「美味《おい》しい……」

つぶやくと、なぜだかサァラがポッと頰《ほお》を赤くした。

その様子が愛らしくて、アマリアは「ふふっ！」と微笑《ほほえ》む。

反乱軍のアジトで、エナや茶色い髪の娘にずっと辛《つら》く当たられていたアマリアには、それだけのことが嬉しかった。

紅茶に添《そ》えられたビスケットも、口に入れるとほろほろと甘い。

あまりにも美味《おい》しく感じるのは、昨夜からなにも食べていなかったせいだと気付き、アマリアは固まった。

昨日はせっかく晩餐《ばんさん》の準備をしてもらっていたのに、参加せずに眠ってしまっていた。

フォルテ屋敷の人々に、申し訳ないことをしてしまった――

「ギルフォード様は今日、お屋敷にいらっしゃいますか？」

この無礼を彼に詫《わ》びなければ。

「はい。さきほど庭園でお見かけいたしました。王女様も庭園をお散歩《さんぽ》なさいませんか？お庭には小鳥がたくさん遊びに来るんです」

「ありがとう、行ってみます。レニ、行きましょう」

言って、アマリアがレニのほうに手を差し伸べると、黄色い小鳥はアマリアの指にとまった。


散策用《さんさくよう》の簡素《かんそ》なドレスに着替《きが》えると、レニといっしょに庭へ出た。

フォルテ屋敷の庭園は、王城のようにきっちり整備されたものではなく、人の手を加えつつも森の面影《おもかげ》を残した野性味《やせいみ》のある造《つく》りになっている。名もなき草花は伐採《ばっさい》されずにそのまま残され、優雅な薔薇《ばら》やクレマチスと調和を保《たも》って共存《きょうぞん》している。

「わぁ……」

いたるところに設《しつら》えられた小さな噴水《ふんすい》は、小鳥のための水場なのだろうか。

無数の小さな鳥たちが羽を休めたり、羽毛をくちばしでつついたりと、楽しげに戯《たわむ》れている。

「レニ、あなたもあっちで遊んで来る？」

などと、肩の上のレニに声をかけていると、ふいに人の気配《けはい》がした。

「おはようございます、アマリア様」

「――あっ、おはようございます、ギル」

彼もまた散策用《さんさくよう》と思われる軽装《けいそう》だったが、生来《せいらい》の美貌のせいでそれでも華やかに見える。

いつものように片膝《かたひざ》をつき、恭《うやうや》しくアマリアの手を取ると、甲《こう》に口づけてくる。

サァラが気《き》を利かせてそっとその場から立ち去る。と、それに倣《なら》うかのようにレニもアマリアの肩から飛び立った。

「……昨日は晩餐《ばんさん》にお誘《さそ》いいただきましたのに、ごめんなさい」

「お気になさらないでください。ゆっくりお休みできたのでしたら、それに勝ることはありません」

音もなくギルフォードが立ち上がる。深い青の瞳に陽が当たり、宝石のように透明度を増した。

以前であれば、この美しい恋人の姿にただただ見とれていただろう。

けれどいまは、ギルフォードを見ているとなんだかまぶしすぎて、とてつもない隔《へだ》たりを感じてしまう。

彼には、これから話さなければならないことがたくさんありすぎる。

なにからどう伝えよう――

もたついていると、ギルフォードのほうが先に口を開く。

「陽がきついですね。東屋《あずまや》へ行きませんか」

「……はい」

古代の神殿《しんでん》を模《も》した造《つく》りの東屋《あずまや》からは、庭園に咲く花々と、その陰《かげ》にある小鳥のための水飲み場が一望《いちぼう》できた。あたりに咲くクチナシの甘い香りが濃密《のうみつ》に漂《ただよ》っており、恋人たちが語らうには絶好の場所だ。

「――素敵《すてき》なお庭ですね」

「お気に召していただけたのでしたら幸いです。しばらくは――いえ、ずっとここで暮らしていただくことになるかもしれませんから」

「ずっと、ですか？」

「はい。これをあなたに」

ギルフォードは別珍張《べっちんば》りの小さな箱を取り出す。

開けてみると、中には大粒のサファイアをあしらった指輪があった。

婚約指輪だ。

驚いてギルフォードの顔を見上げると、どこまでも優しい目でこちらを見つめていた。

「陛下《へいか》にも、結婚のご許可《きょか》をいただきました」

息が詰まった。

もう一度指輪に視線を落とし、そのまま箱を閉じる。

「ごめんなさい……」

なにから、どのように話そう。

「わたしは……」

「おっしゃる必要はありません」

さえぎられて、アマリアは黙《だま》る。

「お辛《つら》い目に遭《あ》われたことはわかっております。どうかそのことで、ご自分を責めるのはおやめください」

生娘《きむすめ》でなくともかまわないと、彼はそう言ってくれている。

本当に彼は、アマリアのことを深く愛してくれている——そのことが、ひしひしと伝わってくる。

胸のあたりがちりちり痛んだ。

「——わたしは、もう……清い身体《からだ》ではありません」

「アマリア様——」

「それに……愛しているんです、リドワーンのことを」

場に静寂《せいじやく》が落ちた。

小鳥たちの無邪気《むじゃき》な声が、穏《おだ》やかな風に乗って聞こえてくる。

たっぷり十秒間ほどの沈黙《ちんもく》の後。

ギルフォードが身じろぎする気配を感じた。

「それは——おそらく熱病のようなものです。あなたの熱が冷めるまで、私は待ちますよ」

「えっ……」

こちらを見つめてくる青い瞳は、やはり慈愛《じあい》に満ちている。

彼は、リドワーンに惹《ひ》かれるアマリアの気持ちを、いっときの熱のようなものだと思っているようだ。

けれど、ちがう。

反乱軍のアジトで過ごした十七日間は、いままで生きてきた十七年間の人生をはるかにしのぐほどに濃厚だった。

リドワーンとは真実、惹かれ合い、愛し合った。魂《たましい》の底から求め合った。

心にも、身体《からだ》にも、リドワーンと触れ合った記憶が、はっきりと刻《きざ》まれている。

時が経《た》てば消えてゆくような思い出ではない——

「わたしは——」

そのことを、ギルフォードに伝えようとしたとき。

ふいに人の気配がして言葉を切ると、屋敷の執事が顔を見せた。ここまでギルフォードを訪ねて来たということは、彼に急ぎの用があるのだろう。

ギルフォードは、一度アマリアに向き直り、甘く、優しい笑みを浮かべる。

「愛しています、アマリア様」

そう言って、アマリアの手の甲に軽く唇で触れてきた。

(あっ……)

かつて、この口づけに、アマリアは胸をときめかせていた。

いまは、口づけられると、罪悪感で胸がざわめく——

そんなアマリアの内面に、ギルフォードは気付いているのかいないのか。

優雅に一礼し、執事と共に東屋を去って行ってしまった。

ひとり東屋に残されたアマリアは、そのまましばらく小鳥たちの戯《たわむ》れる姿を眺《なが》めた。

ふいに、手渡《てわた》された指輪の箱に目を落とす。

(——これは、お返ししないと)

アマリアは首を振って、リドワーンに渡された短剣を取り出した。

この心は、かつてギルフォードのものだった。

けれどいまは、アマリアの心は、確実にリドワーンのもとへある。

これから生きてゆくべき道も、リドワーンと共にある道しか考えられない。

「リド――」

愛しい名を口にした、そのとき。

突如、落ち着き払《はら》った老人の声が、アマリアの思いを中断《ちゅうだん》させた。

「おや。おはよう、娘さん」

声のしたほうへ目をやれば、頭髪も髭《ひげ》も真っ白い、ぴんと背筋《せすじ》の伸《の》びた小柄《こがら》な老人の姿がある。

『娘さん』と気軽に声をかけてきたということは、アマリアの素性《すじょう》を知らないようだ。

アマリアはそっと短剣を懐《ふところ》にしまうと、老人に「おはようございます」と返す。

この老人も、フォルテ屋敷の客人なのだろうか。

「知っとるかね？　この屋敷にお姫様がいらっしゃるそうじゃで。もしかしてあんたがそうかね？」

老人の黒くつぶらな瞳には、まったく邪気《じゃき》がない。

アマリアはなんの警戒《けいかい》もせず、「はい」と素直《すなお》に頷《うなず》いた。

と、老人の表情がぱっと輝く。

「おほっ！　おやまぁ、本当にあんたが！　やぁやぁ、こりゃまた綺麗なお姫様じゃのう。うん、ええのう。ギルもなかなかやりおる――」

と、老人の声を遮《さえぎ》って、女性の声が重《かさ》なる。

「マフォガニー様！　お、王女様もごいっしょで……」

声を上げたのは、女中長と思《おぼ》しき年かさの女性だ。

「お話が盛り上がっているところを申し訳ありません。マフォガニー様、ギルフォード様がお待ちでございます。申し訳ありません、王女様……」

「いえ、お気遣《きづか》いなく」

「うむ。では行くか。お姫様、またの」

言って、老人が女中長とともに去ってゆく。

あの老人はいったい何者だったのだろう、とアマリアは目をぱちぱちさせた。

✿　✿　✿

ギルフォードが応接室を訪《おとず》れたとき、そこにあるべき客人の姿はなかった。

胸中で「先生――」とつぶやき、嘆息《たんそく》する。

久々にフォルテ屋敷を訪《たず》ねてきた恩師《おんし》は、雲のようにつかみどころのない老人で、一か所に留《とど》まるということのできない人物なのだ。

少しして、どこぞをうろついていた恩師を、女中長が連れてきた。

「マフォガニー様をお連れいたしました」

聞いて、背筋《せすじ》が伸びる思いがした。

「お久しぶりです、先生」

ソファから立ち上がり、きっちりと一礼するとマフォガニーはつぶらな瞳を細めた。

「うむ。久しいのぅ、ギルや。いやの、ここにお姫様が来とると聞いて、どうしても見てみたくなってのぅ。そうしたら庭で偶然《ぐうぜん》にもお姫様に出くわしたんじゃ」

「そうでしたか。さっそく――」

つかみどころはないくせに、抜《ぬ》け目はない。

マフォガニーは、やや興奮《こうふん》気味《ぎみ》に鼻の穴をふくらませ、

「えらい綺麗《きれい》なお姫様じゃやった。ええのぅ。ギルはええのぅ。昨日はあのお姫様と寝る間も惜《お》しんでイチャイチャしとったんじゃろ？　ええのぅ。ええのぅ。うらやましいのぅ」

あけすけな言い様《ざま》に、女中長が硬直《こうちょく》したのがわかった。

ギルフォードは一瞬、言葉に詰まる。

「……いえ、そのようなことは……」

なんとかそう言いながら、ギルフォードは視線で女中長に退室するよう促《うなが》す。

女中長が、後ずさるようにその場を離れてゆく。

「ウソをつけ。おぬし、なんのためにあのお姫様を助け出したんじゃ。これで昨日はなにもなかった～、なんぞゆうたら、どうかしとるわい」

言い放たれた瞬間。

ギルフォードの中で、なにかがぱきん、と音を立てて折れた。

「——先生」

喉《のど》の奥から、自分でも不気味《ぶきみ》に思うくらいに低い声が出た。

が、マフォガニーは飄々《ひょうひょう》とした様子で、

「ん？」

などと、小首を傾《かし》げてこちらを見返してくる。

ギルフォードは小さく深呼吸し、

「手合せしていただけませんか。今すぐに」

「いまかえ？　茶の一杯も飲ませてもらえんのかのぅ？」

そうは言うが、用意した茶も飲まずに応接室を出て庭をほっつき歩いていたのはいったいどこの誰なのか。

「お願いいたします、いますぐに」

「うむぅ、まぁ、ええじゃろ」

言って、練兵場《れんぺいじょう》へと移動《いどう》する。

練習用の木剣を手にしようとするギルフォードに、マフォガニーは言う。

「真剣でもええぞ」

「——では、お言葉に甘えて。お願いいたします」

ギルフォードは鋼《はがね》の長剣を抜き、仕込《しこ》み杖《づえ》から細身の剣をスラリと抜いたマフォガニーと対峙《たいじ》する。

ただ立っているだけに見えてまったく隙《すき》のない恩師《おんし》に向かい、ギルフォードは斬撃《ざんげき》を繰《く》り出す。

二度、三度と連続して放たれる太刀《たち》を、マフォガニーは舞《ま》うようにするすると躱《かわ》す。

「鬼気迫《ききせま》る。が、なんじゃ、心が濁《にご》っとる」

「……お恥ずかしい限《かぎ》りです」

ふたたび踏《ふ》み込もうとしたギルフォードに、マフォガニーは問う。

「ギルや、きのうの晩《ばん》は、ほんまになんもしとらんのか？」

ギルフォードは無言だった。肯定《こうてい》したも同然だ。

マフォガニーは芯《しん》から不思議そうに、白い眉毛をひそめる。

「なんでじゃ。あんなエエ乳したお姫様目の前にして——おお、緊張しすぎてモノが役に立たんかったんか？」

ひどい侮辱《ぶじょく》だった。恩師でなければ、決闘《けっとう》を申し込んでもいいだろう。

「そういうわけではなく！」

「どういうわけじゃ？」

「傷付いて帰って来られたアマリア様に、そのようなことをできるはずがないでしょう!?」

ふぅ、とマフォガニーが嘆息《たんそく》する。

「不憫《ふびん》な子じゃのう」

「ふ、びん……私が、ですか?」

完全に可哀想《かわいそう》な生き物を見る目でもって、マフォガニーは首肯《しゆこう》した。

「そんだけ美形に生まれついて、なんじゃてそこまで生真面目《きまじめ》なんかのぅ——なぁ、ギルや」

ふらり、とマフォガニーが動く。

銀色の蛇《へび》がうねるような不可解《ふかかい》な軌道《きどう》の一撃《いちげき》を、ギルフォードはぎりぎりのところで弾《はじ》く。

「押すときゃ押さなきゃならんぞ? 綺麗《きれい》な花は、狙《ねら》っとる輩《やから》も多いでな」

「存《ぞん》じております」

「じゃあ、なんで摘《つ》みに行かんのじゃ? 横から掻《か》っ攫《さら》われるで?」

言葉が出なかった。

アマリアの心はすでに、あの盗賊《とうぞく》に掻《か》っ攫《さら》われてしまっている。

「それにのぅ、この状況《じょうきょう》で手を出してやらんのも残酷《ざんこく》な話じゃで?」

「なぜ…です?」

「手を付けてやらんと、あのお姫様は盗賊にやられたっきりじゃ。可哀想《かわいそう》じゃと思わんのか？」

それは可哀想《かわいそう》だろう。

しかし、ずっと自分の助けを待っていたものだと思っていたアマリアは、ギルフォードではなく、あの盗賊を愛していると言ったのだ。

とんでもない展開に、ギルフォードは完全に置いてきぼりを食らった気分だった。

いったいどういう経緯《けいい》で、そうなってしまったのか――

と、音もなく踏《ふ》み込んできたマフォガニーの一撃《いちげき》を、正面から受け止める。

「私は――来《きた》る戦いにおいて、必ずリドワーンの首級《しゅきゅう》を上げます」

ギルフォードは完全に据《す》わった目で宣言《せんげん》した。

「うむ。意気《いき》込《ご》むのはええ。じゃがな、それにばっかり捕《と》られとると、足を掬《すく》われるで？」

「肝《きも》に命じておきます」

「じゃから、目が怖《こわ》いて――」

つぶやきながらも、マフォガニーは身を翻《ひるがえ》し、ギルフォードの攻撃を躱《かわ》した。

✿　✿　✿

この日、フォルテ屋敷では、午餐会《ごさんかい》が行われるということだった。

午餐会《ごさんかい》用に用意されていたアマリアのドレスは淡い紫色で、身にまとうと娘らしいやわらかな雰囲気が際立《きわだ》った。

髪を結《ゆ》いあげ、装《よそお》いを終えると、サァラがギルフォードから贈《おく》られた指輪の箱を開けて、恭《うやうや》しく差し出してきた。

(——あ……)

戸惑《とまど》っていると、サァラが不思議そうな目で見てくる。その様子から察《さっ》するに、サァラはすでにギルフォードとアマリアが婚約しているものだと思っているようだ。

「実は……まだ、お返事をしていないんです」

そう言って、アマリアは指輪をはめなかった。


午餐会《ごさんかい》は、フォルテ屋敷の中庭で行われた。

楽団の奏《かな》でる陽気な音色の流れる中、庭中のいたる所に蠟燭《ろうそく》が灯《とも》され、オレンジ色の儚《はかな》い光がゆらゆらと揺《ゆ》れている。

供《きょう》された料理は、どれもこれもアマリアの好物《こうぶつ》ばかりだった。

根菜《こんさい》のポタージュ・スープ、フォアグラとウナギのテリーヌ、香草の練《ね》りこまれた丸いパンに、三日月形のバターのパン、ムール貝の白葡萄酒《ワイン》蒸し、川魚の包み焼きパイ、香草で味付けをした豚肉のロースト、赤葡萄酒《ワイン》風味のソースのかかった鴨《かも》のロースト、卵とミルクのプディング、赤い果実《ベリー》たっぷりのアーモンド・タルト――

好きなものを好きなだけ選んで食べられる気軽な形式の午餐会《ごさんかい》で、フォルテ屋敷の人々は、皆、陽気で親切だった。

ギルフォードはいつもと同じく、優しく礼儀正しい。

彼と接《せつ》するたびに、ずきずきと心が痛む。

これだけよくしてくれるギルフォードに指輪を返さなければならない――

屋敷の人々にもてなされればもてなされるだけ、アマリアの心は重くなった。

夕方になり、午餐会《ごさんかい》も佳境といった雰囲気になった頃。

ギルフォードが余興《よきょう》として、剣技を披露《ひろう》した。

相手を務《つと》めるべく歩み出たのは、アマリアが朝に庭園で出会ったマフォガニーという老人で、アマリアは一瞬、目を疑った。

が、聞けばあの老人は、ギルフォードの剣術の師匠《ししょう》のひとりなのだという。

目の前で繰《く》り広げられる剣戟《けんげき》は、速すぎて目で追うことも敵《かな》わない。ただ、ふたりの間を銀色の筋《すじ》が飛び交っているようにしか見えない。

反乱軍との戦いが始まれば、ギルフォードは、こんなふうにリドワーンと戦うのだろうか？

そう思うと見ていられない。

盛《も》り上がる場の中で、アマリアの心は悲しく沈《しず》んでゆくばかりだった。

早く、指輪をお返ししよう。ちゃんとギルフォードと話をして、リドワーンへの気持ちがいっときの熱ではないことを理解してもらおう――


その夜。

アマリアは眠ることができず、寝台の中でずっと寝返りをうったり、リドワーンに渡された短剣を撫《な》でたりして過《す》ごしていた。

夜半を過ぎてもまったく眠れそうにない。

ふいにアマリアは寝台から出た。

外の空気に当たれば、少しは気分も変わるかもしれない。この部屋は中庭添《ぞ》いにあるので、そのまま外へ出ることもできる。

夜着に肩掛けを羽織り、そっと部屋から庭へ出る。

月の明るい夜だった。

澄《す》みきった夜の空気に、夏の終わりに鳴く虫の涼やかな音が響く。どこからか聞こえてくる弦楽器《げんがっき》の甘く切ない音色は、晩餐会《ばんさんかい》で聴いた楽団のものだろうか。

ゆったりと散策《さんさく》していると、中庭にいた衛兵《えいへい》が一礼してきたので、アマリアも目礼を返した。

「アマリア様？」

と、ふいに声を掛《か》けられてそちらを向くと、ギルフォードの姿があった。

月明かりの下、彼の銀色の髪はしたたるような光を弾《はじ》いている。

「こんばんは、ギル――」

「どうされました、このような夜更《よふ》けに」

「眠れなくて……ギルこそ、どうして？」

傍《そば》にやってきたギルフォードからは、やわらかな湯の香りがした。

「少し前まで、練兵場《れんぺいじょう》でマフォガニー先生にご指南《しなん》いただいておりました。その後に温泉へ寄った帰りです」

「そうでしたか……」

話をするなら、早いほうがいい。

いまはどうだろう？

思ってあたりを見回すと、衛兵《えいへい》の姿が目に入った。人の耳のない場所に行きたい。

「ギル、お話があります――よろしければ、お部屋へ来ていただけませんか？」

「いまから、ですか？」

「はい。ご迷惑《めいわく》でなければ、ですけれど……」

　じっと見つめると、ギルフォードの青い瞳が揺《ゆ》れた。

「伺《うかが》います」

　応《こた》えて、ギルフォードがふぅっ、と微笑《びしょう》する。その表情があまりにも優美で、アマリアはとっさに視線を逸《そ》らした。

　重苦《おもくる》しく鳴る心臓に手を添《そ》えつつ、ギルフォードとともに部屋へ戻る——と。

　ふいに、背後《はいご》からふわりと抱きしめられた。

「ギル……？」

　耳のあたりに彼の吐息を感じた直後、首筋《くびすじ》に柔《やわ》らかなものが触《ふ》れてくる。

（——あ……）

　口づけられた。

　突如、触れてきた熱とやわらかさに、アマリアは驚き、混乱する。

「あの…ギル？」

　胸元を覆《おお》う夜着の編《あ》み紐《ひも》に、ギルフォードの指先がかかる。

「！　ギル？　待って、待ってください……あっ！」

　しゅるり、と音を立てて、編《あ》み紐《ひも》がほどかれる。胸元がはだけ、白いふくらみが露《あら》わになった。

「だ、だめ……」

とっさに胸元を両手で隠すと、その手に、彼の手が添えられる。

「見せてください」

甘やかな声音で命じられ、カッと頬《ほお》が熱くなった。

心臓がどくどくと脈打《みやくう》つのを感じる。

「ギル…わたしはお話を――」

「話など、いつでもできます」

添《そ》えられた彼の手に、優しく力が入れられる。

双丘を隠《かく》すアマリアの手のひらを、そっと引き離そうとしてくる。

「……だめっ！」

言って、ギルフォードの腕から逃れた。

胸元を両手で覆《おお》ったまま数歩駆《か》け、振り返ると、ランプの頼《たよ》りない灯りの中でも冴《さ》え冴《ざ》えとした青い瞳と目が合った。

「……ギル？」

いつものギルフォードとは雰囲気がまるでちがう。いままでの彼からは感じたことのない、危《あや》うげな色気のようなものを漂《ただよ》わせ、こちらへと詰めてくる。

「逃がしませんよ」

数歩で距離《きより》が縮《ちぢ》まる。

そのまま背後にあった寝台に押し倒《たお》されて、アマリアはひどく狼狽《ろうばい》した。

「待って！　待ってください……ギル、わたしは、こんなつもりでは――」

「どういうおつもりだったのです？　こんな夜更《よふ》けに異性を部屋に入れておいて、何もされないとでも？」

「あっ……」

彼の言うとおりだ。こんな時間に、なんという軽率《けいそつ》な振《ふ》る舞《ま》いをしてしまったのだろう。

（――わたしが、馬鹿《ばか》だった）

誤解《ごかい》されて、当然だ。

アマリアはすみれ色の瞳を伏せた。

「ごめんなさい……わたしが軽率《けいそつ》でした。どうか離してください――」

「なりません。少しは警戒心《けいかいしん》を持っていただかなければどうなるのか、思い知ってもらいます」

有無《うむ》を言わせぬ口調だった。

胸元を隠《かく》す腕に、ふたたび彼の手がかかる。

「っ！　だめ！　だめなんです、わたしはもう、リドワーンと――」

言うと、ギルフォードの表情《かお》が苦しげに歪《ゆが》んだ。

「──それも、もとはと言えば私のせいだ」

「え……」

「あのとき、湖であなたを一人にしてしまったことがそもそものまちがいでした──そのせいで、どれほどあなたが傷付いたか──」

「…………」

言葉が出なかった。

いまの彼は、アマリアよりもずっと傷付いているように見える。

「わたしは……傷付いていません。だって──わたしは、リドワーンのことを……」

その声を遮《さえぎ》るように、ギルフォードが両手でアマリアの頬《ほお》を軽く挟《はさ》んでくる。息がかかるほどに近い距離《きょり》で、いつになく切羽詰《せっぱつ》まった口調でたたみかけてくる。

「目を覚《さ》ましてください！　あなたは…騙《だま》されておいでです」

「……騙《だま》されてなんかいません」

言うと、突如、唇《くちびる》を唇《くちびる》で塞《ふさ》がれた。

口内にギルフォードの熱が侵入してきて、アマリアの舌を捕《と》らえる。

湖で交わした触《ふ》れ合うような口づけとはまるでちがう。愛欲《あいよく》の伝わってくる濃厚《のうこう》なものだ。

「──っ！」

抗《あらが》っても、解放されなかった。

やわらかな熱の塊《かたまり》が、アマリアの小さな口内を隅々《すみずみ》まで満たすようにうごめく。

どれほどの間、そうしていたのだろう。

永遠に思えるほどに長い口づけを終え、アマリアはあえぐように呼吸した。

「……はぁ…ふぅ、ふっ……ふぅ……」

「――こうでもしなければ、目が覚めませんか？」

言いながら、彼はするりと上着を脱いだ。薄闇《うすやみ》の中、細身ながらもしっかりと筋肉の付いた彫刻《ちょうこく》のような身体《からだ》が露《あら》わになる。

いつの間にか、自身の胸元を覆《おお》っていたアマリアの両手がゆるんでいた。

ギルフォードにその手をどかされる。

双丘が、彼の視線に晒《さら》される。

「あっ……だめ――」

途端《とたん》、ギルフォードがまなじりをつり上げた。宝石のような瞳が、絶望に近い色に染まる。

白くなめらかなアマリアのふくらみには、赤い痣《あざ》が――リドワーンに貪《むさぼ》られた跡《あと》が、無数《むすう》に散っていた。

（――あっ……）

ギルフォードは何も言わず、胸元に残る赤い痣《あざ》をじっと凝視《ぎょうし》してくる。

ふたたびアマリアが胸を隠《かく》そうとすると、両手首を片手で摑《つか》まれて、頭の上でまとめ上げ

くる。

ギルフォードの指先が、恐《おそ》る恐《おそ》るといったふうにアマリアのやわらかなふくらみに触《ふ》れてくる。

耐《た》えられなくなって身をよじると、張りのある双乳が揺《ゆ》れた。

視線に責められているような気がした。

「……見ないでください……」

られた。

「……ギ、ギル？　あっ！」

ギルフォードの顔が、アマリアの乳房に寄せられた。

かと思うと、突如、ギルフォードはアマリアの胸の尖《とが》りに唇を落としてきた。

薄紅色の小さな乳頭が、彼の熱い粘膜《ねんまく》で覆《おお》われる。

「っ！　……やっ……」

きゅっと食《は》むように歯を立てられ、悲鳴を上げた。

その部分を舌を使って愛撫《あいぶ》され、舐《な》められ、吸《す》い上げられ——薄闇《うすやみ》の中、乳頭をいたぶるかすかな水音だけが響《ひび》く。

「……ギル——やめて…やめて！」

ときおり、彼の唇から漏《も》れる息づかいは荒《あら》い。

アマリアは戦慄《せんりつ》した。

まるで、まったく知らない男に嬲《なぶ》られているようだ。

「——やめて……怖《こわ》い……」

涙声で訴《うった》えると、ギルフォードが大きく身を震《ふる》わせた。

胸元から顔を離《はな》し、呆然《ぼうぜん》としたようにアマリアに視線を合わせてくる。

「私は、何を……」

言った彼は、いつもの優美なギルフォードのように見えた。

けれど、さきほど身体《からだ》を貪《むさぼ》られた衝撃《しょうげき》が激しすぎる。

「アマリア様……」

「いや、怖い——」

沈黙が落ちた。

アマリアのすすり泣く声だけが、静まり返った室内に漂《ただよ》う。

震《ふる》えが止まらなかった。

重苦《おもくる》しい空気の中、ギルフォードが苦《にが》い声で言う。

「あの男には…好きにさせたのでしょう？」

言われると、罪悪感《ざいあくかん》で身がすくむ。

「私という恋人がいながら。だったら——」

ギルフォードが、首筋《くびすじ》に口づけてくる。赤い痣《あざ》が肌に残りそうなほどに、きつく。

「――私にもこうする権利《けんり》がある」

そう言って、彼はもう一度、首筋に口づけてくる。

まるで自分のものであるという証《あかし》を、刻《きざ》みつけているようだった。

「……ギル、やめて――」

ぎゅうっ、と両乳房を力任《ちからまか》せに摑《つか》まれ、そのまま激しく揉《も》みしだかれた。彼の指先に込められた力で、白いふくらみは生き物のように形を変える。

恐怖と痛みと――腰のあたりにかすかに滲《にじ》みはじめた官能の感覚に、アマリアは錯乱《さくらん》する。

「――あっ……！」

乳頭を摘《つま》まれた瞬間、きゅんと甘い痺《しび》れが奔《はし》った。

ギルフォードはアマリアの頬に触れ、正面から瞳を覗《のぞ》き込んでくる。

「可愛《かわい》い声が出ましたね」

言った彼の表情も声音も、甘く優しく、どこか酷薄《こくはく》なものだった。

羞恥《しゅうち》で顔が熱くなる。

「もう、許してください……」

「――許せませんよ」

つぶやいた彼の声音は、ぞくりとするほど甘く低い。

アマリアはギルフォードに片手を取られ、そのまま彼の中心に触《ふ》れさせられた。

怯《おび》えて逃《のが》れようとするアマリアの手を離さず、彼は無理やりに自身の分身を愛撫《あいぶ》させる。それは芯《しん》を持ち、硬《かた》く屹立《きつりつ》していた。

こうなってしまった雄は、欲望を解き放つまで治まらないことを、アマリアはもう知っている。

「そんな目で見ても無駄です。今宵《こよい》、私のものになってもらいます」

涙目で彼を見上げるも、返ってきた言葉は決然としている。

摑《つか》まされた彼の屹立《きつりつ》が、さらに硬度を増したように感じ、アマリアは身を震わせた。これから、この熱い塊《かたまり》で、彼の情欲に蹂躙《じゅうりん》されるのだ。

かつては甘く、優しく愛をささやいていた彼が、今は力尽くでアマリアを屈服させようとしている。

「……あなたは……こういうことを無理やりにする人では、ないと思っていたのに……」

つぶやくと、彼の目元に、ぞっとするほど冷たい笑みが浮かんだ。

「ええ。私も知りませんでした。こんな下衆《げす》な欲望が自分の中にあったなど——怯《おび》える女性にこのような——最低だ」

自嘲《じちょう》しながらも、ふくらみを、乳頭を愛撫《あいぶ》してくる手は止まらない。

「——あっ！　…やっ……」

薄紅色の小さな突起《とっき》は、彼の指先に弄《もてあそ》ばれて徐々《じょじょ》に色を濃くしてゆく。気持ちとは裏腹《うらはら》に、どんどん身体《からだ》が昂《たか》ぶってゆく。

「ですが——こんな最低な振《ふ》る舞《ま》いをされて悦《よろ》んでおられるあなたは、なんなのです？」

「！　悦《よろ》んでなんか……あっ……」

恥丘のあたりに、彼の指先が触れた。そのまま秘裂を撫《な》で上げられると、ぬるりとした感《かん》触《しょく》とともに快感が奔《はし》った。肉芽を軽く押され、淫孔の奥まで痺《しび》れが奔る。

「——！」

「悦《よろ》んでいない、と言えますか？　こんなにもの欲しそうに濡《ぬ》らしておきながら」

陰唇を押し開き、ギルフォードの指が侵入してくる。

くちゅ、と濡れた音が聞こえて、アマリアは身をよじった。

「やっ！　だめっ……あぁっ……！」

媚肉の隙間《すきま》を割り開きながら、彼の長い指が身体《からだ》の奥にまで来て、その指をゆっくりと往《おう》復《ふく》させはじめる。硬い指の関節《かんせつ》が媚壁にこすれて、ぞくぞくとした快感が奔《はし》った。

（——いけない……このままじゃ……）

逃《のが》れようとして身をくねらせると、彼のしなやかな上半身を押しつけられ、アマリアは動きを封《ふう》じられてしまった。剣術で鍛《きた》えられた胸筋の向こうから、彼の鼓動が生々しく伝わってくる。

「……だめ……あっ！　……あぁっ！」

長い指で秘部を抜き差しされる動きが激しくなり、身をよじることもできなくなった。

そうされながら舌先で乳頭を舐《な》められ、甘噛《あまが》みされ、ちゅっ、と音を立てて吸われ――刺《し》激《げき》を与えられるたびにアマリアの身体《からだ》はぴくん、ぴくんと反応する。

「気持ちいいですか、アマリア様」

「……はっ……はぁ…はぁ……」

身体《からだ》が熱い。アマリアの心を裏切って、身体はひどく昂《たか》ぶっている。

これ以上、自分の劣情を見せつけられたくない。

もう許してほしい――

哀願《あいがん》するように彼の顔を見上げると、深く口づけられた。

「――ん……」

まるでアマリアの舌を味わうように自身の舌を絡《から》めてくる。小さな口腔内《こうこうない》を味わい尽《つ》くすかのように、彼の熱く柔《やわ》らかな熱が、アマリアの口内を蹂躙《じゅうりん》し尽《つ》くした。

唇を離《はな》したあと、彼は熱に満ちた青い瞳でささやく。

「これから、もっと良くして差し上げますよ」

言って、彼はアマリアの脚を大きく広げさせた。愛撫《あいぶ》に反応し、濡《ぬ》れそぼった陰部が空気に触れ、ひやりとする。

ギルフォードがぱっくり開いた秘唇を指先でなぞり、嘆息《たんそく》し、

「あなたは、こんな場所まで愛らしい色をしておられる」

硬くそそり立った雄肉が、蜜口にあてがわれる。

その熱と大きさに、アマリアは怯《おび》えた。

「――だ…め――やめて……いやぁっ！」

ぐっ、と彼の切っ先が、アマリアの中に押し入ってきた。柔肉の隘路《あいろ》を、少しずつ少しずつ分け入ってくる。

お前という女は、自分のものだと、そうアマリアの身体《からだ》に教え込んでいるかのように、ゆっくりとギルフォードの楔《くさび》が打ち込まれてゆく。

「ひっ！　…あぁっ……」

ずっ、ずっ、と侵攻《しんこう》してくる熱の塊《かたまり》に、アマリアは悶《もだ》えた。ギルフォードの情欲が、アマリアの狭《せま》い蜜洞の中を隙間《すきま》なく満たしてゆく。ぎちぎちと蜜洞を押し広げるようにして侵入してくる雄肉の感触に、アマリアは身を硬くする。

存在を思い知らせるようにゆっくりと膣肉を蹂躙《じゅうりん》した雄芯が、アマリアの最奥にまで達した。

「……あっ…あぁ……」

完全に征服《せいふく》され、アマリアは全身を引きつらせた。

ギルフォードの、陶然《とうぜん》とした声が降《ふ》ってくる。

「ずっと、あなたとこうしたかった——」

恍惚《こうこつ》とした表情で、ギルフォードが腰を動かす。彼の欲望でいっぱいに満たされた蜜洞が、熱い肉塊で刺激される。

「あっ……やっ、やっ、やぁ……」

ゆっくりとした抽挿《ちゆうそう》に合わせ、アマリアの唇からは淫《みだ》らな声が漏《も》れる。

「ああ、これがアマリア様の——たまらない——」

「……ギルっ…わ、たしは——あぁんっ！」

ひときわ強く突かれて、嬌声《きようせい》が漏《も》れた。

抱き寄せられ、耳元で吐息とともに吹《ふ》き込まれる声。

「あなたも、こうなることを望んでいたのでしょう？　そうでなければ——こんなにも乱れるはずがない」

ひどく優しく残酷《ざんこく》にささやいて、打ち付けるような激しい突きを繰《く》り返す。

痛みと恐怖と快楽と、罪悪感《ざいあくかん》とがごちゃ混ぜになり、アマリアは彼の下で悶絶《もんぜつ》した。

結合した陰部で、愛蜜のかき回されるぐちゅぐちゅという音がする。

「ひぁっ！　あっあっあっ——だめっ、やめて——ぁぁんっ！」

「やめられませんよ——誰よりも高貴で清らかだったアマリア様が——私の身体《からだ》で、牝犬《めすいぬ》のように劣情《れつじよう》に溺《おぼ》れておられるのですから」

言うなり、ギルフォードは身体を繋《つな》げたまま、アマリアの乳房にむしゃぶりついた。乳輪ごと食《は》むように口に入れ、先端を舌でいたぶってくる。舌戯《ぜつぎ》に反応した乳頭はぷくりと形を作り、彼の愛撫に応えている。

いやらしく勃《た》ちあがったその部分を、ギルフォードは舐めまわし、

「ほら——ここも、硬くなって、赤くなって——私を誘惑していますよ」

「……い、いやっ……言わないで、ください……ああっ！」

ふふっ、と、ギルフォードの低い笑い声がした。

「本当に淫《みだ》らで、お可愛らしい方だ——そうおっしゃいながら、ここがどんどん濡れてゆく——こんなふうに無理やりに犯されて、それでも感じておられる——」

「っ！　あっ！　あっあっあっ！　あぁっ……！」

蜜洞を貫かれる力が増してゆき、与えられる快楽も激しくなってゆく。耐えきれなくて、淫らな喘《あえ》ぎが漏《も》れてしまう。

「ひっ……あっ！　あっあっあっあっ……」

「ああ——あなたのこの美しい身体に……あの盗賊が触れて、好き放題に蹂躙《じゅうりん》したのだと思うと、嫉妬で気が狂いそうになるっ——」

「っ！　ひゃっ……！」

蜜口に後退した肉塊が、欲望を叩きつけるようにして、一気に最奥を貫《つらぬ》く。身体が壊れそ

うなほどの激しさで、ギルフォードは何度も何度もアマリアの柔肉を穿《うが》ってくる。肌のぶつかり合う高い音が響き、ぐちゅり、とアマリアの愛蜜がいやらしい音を立てる。

「……っ！　許してくださいっ……ギル、もう許して——」

心も身体《からだ》もどうにかなってしまいそうで、アマリアは彼に犯されながらも哀願した。顔を寄せてきたギルフォードの吐息が、アマリアの耳にかかる。

「では——認めてください。私の身体で感じていると」

結合部をアマリアに意識させるようにゆすゆすと揺すりながら、彼は残酷にささやいてくる。

「……そんな、そんなこと……」

「感じていらっしゃるのでしょう？　こんなにも濡らしておきながら、そうでないとおっしゃっても無駄ですよ——ただ、認めればいいのです。そうすれば——もっと、優しく抱いて差し上げますよ……」

「っ！　あっ！　いやっ！　ギル、激しいっ……」

ずぐっ、ずぐっ、と脳髄《のうずい》まで響くほどに激しく突かれて、アマリアは悲鳴を上げる。

「では、認めてください——」

誇りも、体面も、激しすぎる快楽の前で焼き切れてゆく。

いつの間にかアマリアの頬《ほお》は涙で濡れていた。けれどその涙が、無理やりに身体を奪われ

た悲しみのせいで流れたものか、快楽のあまりに流したものなのか、アマリア自身にもわからない。

ただ、一刻も早くこの責め苦から解放されたい——

「はい——感じて、います……」

「私に犯されて、感じていらっしゃるのですね？」

アマリアの秘肉を蹂躙《じゅうりん》しながら、彼は甘く低い声音で問うてくる。

アマリアは、ただうなずき、

「——はい……気持ち、いいです——あなたに、犯されて——」

そう口に出して、絶望感に襲われた。

自分の口から出た言葉で、胸が焼けるように痛む。

——わたしは、さっきなんと言った？

「……ごめんなさい、リド——」

心の声が、漏《も》れてしまった。

あっ、と思ったときにはもう、ギルフォードの表情が凍《こお》っていた。

と、突如、身体を繋《つな》げたままの状態で、彼に身を反転させられた。うつ伏せにされたまま、腰を高くに持ち上げられ、獣《けもの》が繋《つな》がるような格好になる。

「ギルっ……なに……あぁっ！」

ずんっ、と、滾《たぎ》った雄肉で、奥の奥まで抉《えぐ》るように貫かれた。膣洞の最奥にまで衝撃が奔《はし》る。

「!! あぁあっ! ギルっ、だめっ、いやっ……こんなっ……こんなのっ、は――」

「駄目? 嫌《いや》? 気持ちよくて仕方がないのでしょう? 私にこうされて――まるで牝犬《めすいぬ》だ――牝犬のように快楽を貪《むさぼ》っているあなただ――牝犬にふさわしい格好で犯されるのがお似《に》合《あ》いですよ」

叩きつけるように貫かれるたびに、うつ伏せになったアマリアの、白い乳房が弾《はず》むように揺れる。その卑猥《ひわい》さが、ギルフォードの理性の箍《たが》を外してゆく。

アマリアの上げる甘ったるい悲鳴もまた、彼の情欲を余計に煽《あお》っている――そのことに、アマリアは気付けない。

「あっ! あっ! あっ! ひっ……」

くちゅ、と愛蜜で濡れた結合部を指先でなぞられた。ギルフォードはその指に、透明な蜜を絡め、アマリアの後孔のまわりに塗《ぬ》りたくる。

ぞくぞくと悪寒《おかん》が奔《はし》った。

「やっ、いやっ……なにを……あっ!」

くっ、と後孔の中に、彼の指が突き入れられた。

「こちらのほうは初めてのようですね」

「い、いやっ……痛いっ……！」

「痛い？　良くなっているのではなくて、ですか？」

蜜洞と後孔が、同時に犯されている――

そのことを意識させるような指の動きに、痛みが甘い痺《しび》れを帯びた悦楽《えつらく》に変わってゆく。

頭の芯《しん》までこの熱に侵《おか》され、なにも考えることができない。

「――う、ううっ……あぁ……ん……」

「アマリア様、こちらを向いてください」

「ううん……」

理性の利かなくなった頭でうなずき、彼のほうを振り向くと、そのまま唇を唇で塞《ふさ》がれた。

口内に、ギルフォードの舌が侵入してくる。

膣肉も、後孔も、唇も――身体中のすべてを、彼に犯されている。

ふぅっ、と唇が離れ、ギルフォードは夢見るような甘い音色でささやく。

「あなたは――すべて私のものになった」

「……ギルっ……うっ、あっ……あっ――」

「あなたは私のものだ――」

左の手を取られ、薬指にするりと指輪をはめられる。

こんな淫《みだ》らな行為《こうい》をしながらも、その仕草《しぐさ》はどこまでも優雅だった。

第五章　争奪戦

王国軍が、近く本格的《ほんかくてき》に反乱軍を攻《せ》めるべく準備を進めている——

王城内に送り込んでいる密偵《みってい》より知らせを受け、すぐさまリドワーンは部隊の編成《へんせい》を行《おこな》った。

王国軍側の総司令官《そうしれいかん》は、王弟《おうてい》の第一子であるディモス将軍《しょうぐん》だという。

国王の子息ではなく、王弟の息子が指揮官《しきかん》、というあたりが『国王には子種《こだね》がない』という暗黙《あんもく》の事実を裏付《うらづ》けているようだ。

その情報を流してくれた、あの姫君はいまどうしているだろう。

かつての恋人のもとへ預《あず》けておくのは面白《おもしろ》くないが、フォルテ子爵《ししゃく》領《りょう》は現在のウインディア王国ではもっとも治安の良い場所だ。激戦区《げきせんく》になることはまずないだろう。戦いを避《さ》け、疎開《そかい》させておくにはちょうどいい。カンパニアへの亡命《ぼうめい》に失敗したとしても、フォルテ子爵領であれば命を落とすこともあるまい。

「ねぇ、リド。ちょっと話があるんだけど……」

部隊編成《ぶたいへんせい》の発表を行《おこな》った後、ふいに、アマリアの世話を任《まか》せていたエナという娘に呼び止められた。

たしかこの娘は、弓兵部隊《きゆうへいぶたい》に配属《はいぞく》したのではなかっただろうか。後方支援《こうほうしえん》と、戦況《せんきよう》によっては救護班《きゆうごはん》へまわるように伝えていたと思うのだが。

「なんだ？」

当然、編成《へんせい》に関する意見なのだろうと促《うなが》すと、エナは思いもよらない願いを口にする。

「もし……リドが戦場で、ギルフォード卿《きよう》と直接《ちよくせつ》戦うことになっても、ギルフォード卿を殺さないで」

これには面食《めんく》らった。

「無茶《むちや》を言うな」

リドワーンはあっさりと却下《きやつか》した。

あれは手加減《てかげん》ができるような生《なま》ぬるい相手ではない。全力でぶつかって、勝てるかどうかも怪《あや》しいほどの使い手を、殺さない程度《ていど》に痛めつけて退散《たいさん》させるなど至難《しなん》の業《わざ》だ。正面からやり合えば、九割がたはどちらかが命を落とすだろう。

「……でも、できれば殺さないで——」

瞳を伏せ、泣きそうな表情でつぶやいたエナが、しおらしい乙女のように見えた。気の強い娘、という印象《いんしょう》しかなかったエナの意外な一面を見た気がする。

女という生き物は、やはりああいう線の細い王子様のような男に憧《あこが》れるものなのだろうか。

ちらりと思ったとき、エナと入れ替《か》わりに側近《そっきん》の一人が寄ってきて、情勢《じょうせい》の報告をしてくる。

「――開戦にあたって、国王はまた税金を上げることにしたんだと。おかげでまた反乱軍への志願者《しがんしゃ》が増《ふ》えたな。それと、ギルフォード卿《きょう》に、侯爵位《こうしゃくい》が与えられるそうだ。アマリア姫救出を称《たた》えられてのことだろうな。侯爵位《こうしゃくい》を持つってことは、アマリア姫と結婚させるつもりなんだろうって城では噂《うわさ》になってるみたいだ」

「そうか」

どのみち革命《かくめい》が成功すれば、貴族制も崩壊《ほうかい》する。ギルフォード卿の位《くらい》が上がろうが下がろうがなんということはない。

耳に入ったアマリアの近況《きんきょう》を、リドワーンはさらりと流すふりをした。

✿　✿　✿

その後も、エナは反乱軍の将軍《しょうぐん》、隊長クラスの人物すべてに声をかけて、『ギルフォード卿を殺さないでほしい』と頼《たの》んでまわった。

予想してはいたことだが、リドワーンにはあっさりと却下《きやっか》されてしまった。他の男たちにも断《ことわ》られたり、適当《てきとう》にあしらわれたり、ときにはからかわれたりもしたけれど、それでも願わずにはいられなかった。

「ギルフォード卿を殺さないでほしいの」

部隊長の一人にそう声をかけたとき。返ってきた答えは意外なものだった。

「ああ？　なんだ、お前もあの兄ちゃん狙《ねら》ってんのか？」

問われて、エナは眉根《まゆね》を寄せた。

お前も、とはどういう意味なのだろう？

「さっきローダの姐《ねえ》さんが来て、お前とおんなじこと言ってってたぜ」

「えっ……」

熊《くま》のような巨体《きょたい》の女戦士の顔を思い浮かべ、カッと頭に血がのぼる。

「なんですって!?　あの…ぶさいく女っ……」

「おいおい、ぶさいく女って、お前……姐《ねえ》さんに聞こえたら首の骨《ほね》へし折られちまうぞ？」

「なによ！　やれるもんならやってみなさいよ！」

「あ、いや、おれじゃなくて……」

「もういいわよ！　あっ、ギルフォード卿には絶対に剣を向けないでよね！　彼に何かあったら、あんたなんてちょん切ってやるわ！」

理不尽極《りふじんきわ》まりない怒りを仲間にぶつけ、エナはその場を立ち去った。

——なによなによなによ！　たしかにあたしはアマリア姫ほど美人じゃないけど、でもローダほどぶさいくでもないわよ！　ローダみたいな女がギルフォード卿を狙《ねら》うなんて、ずうずうしいにもほどがあるわ！


エナが去った後、いきなり意味不明《いみふめい》の怒りをぶつけられた部隊長の青年は、傍《かたわ》らにいた仲間に視線をやり、

「怖《こえ》ぇよなぁ、エナ……」

「うん……けっこうかわいいのにな、惜《お》しいよな……」

「でも、怖《こえ》ぇよ。すんげぇ面食《めんく》いだし」

「だよなぁ」

コワイコワイ、と言い合い、反乱軍の青年たちは軽く笑い合ったのだった。

✿　✿　✿

一方、その頃。

夜の帳《とばり》の下りたフォルテ屋敷の一室で。

アマリアは一糸まとわぬ姿で両手首を戒《いまし》められ、寝台の支柱《しちゅう》に繋《つな》がれていた。その状態《じょうたい》のまま大きく脚を開かされ、晒《さら》された秘部にはギルフォードが顔を寄せている。

「……やめて、ギル……やっ！　あっ！」

ぴちゃ、と音を立てて、ギルフォードはアマリアの秘裂に舌を這《は》わせる。

陰唇の一枚一枚を、舌を使って丁寧《ていねい》に愛撫《あいぶ》し、肉芽をねっとりと舐《な》められると、苦痛《くつう》に近いほどの快感が奔《はし》った。腰ががくがくと震《ふる》える。

「――やっ……あっ、あっあっあぁっ……！」

赤《あか》いランプの灯りの中、アマリアの淫《みだ》らな声と、かすかな水音が響く。

ギルフォードはアマリアの敏感《びんかん》な場所を探り当てると、執拗《しつよう》なまでにそこを攻《せ》めてくる。

「つひぁっ！　あっ…あぁっ！」

ひときわ強い痺《しび》れが、アマリアを一気に押し上げた。

白い裸体がびくん、と跳《は》ねる。

ギルフォードが秘部から顔を離し、酷薄《こくはく》な笑みを浮かべる。

「また達してしまいましたね」

「……あっ…ふぅ…うぅ……」

ぐったりとなり、荒《あら》い呼吸をくり返すと、白いふくらみが上下する。

その動きに誘《さそ》われるように、ギルフォードが乳房に触《ふ》れ、その先端《せんたん》に口づけてくる。

「これで五回目ですよ」

「……うっ……うぅ……」

羞恥《しゅうち》で気がおかしくなりそうだ。

ギルフォードが戯《たわむ》れのように、指先で秘裂をなぞってくる。

ぬるりとした感触《かんしょく》に、背筋《せすじ》がぞくっ、と震《ふる》えた。

達《たっ》したばかりの身体《からだ》は嫌《いや》になるほど敏感《びんかん》で、ふたたび花芯を弄《いじ》られると足の裏にまで快感が奔《はし》り抜ける。

「つ！　やっ、もう……もう、やめて！　許して！　許してくださいっ……」

哀願《あいがん》するも、赦《ゆる》される気配はない。

「なりません。これは罰《ばつ》です。私から逃げて、どうするおつもりだったのです？」

昨夜、アマリアはほとんど凌《りょう》辱《じょく》されるような形で、ギルフォードと初めて身体《からだ》を重《かさ》ねた。

アマリアはひどく後悔《こうかい》し、怯《おび》え、彼から、このフォルテ屋敷から逃げ出そうとした。ここを出て、カンパニアへ亡命《ぼうめい》するつもりだった。

ここにいてはいけない。早くカンパニアへ行って、リドワーンを待っていよう――

そう思って荷物をまとめていたところを、あっさりとサァラに見つかってしまった。

サァラはきょとんとしていたが、報告を受けたのであろうギルフォードはアマリアの真意《しんい》にすぐに気付いた様子だった。

昼間のギルフォードは、そんなことは少しも気にしていない、といったふうに振《ふ》る舞《ま》っていた。

けれど、夜になり、アマリアの部屋を訪《おとず》れるなり態度を豹変《ひょうへん》させたのだ。

アマリアはいきなり横抱《よこだ》きにされて寝台に連れて行かれ、両手首をスカーフで縛《しば》られた。

その手を寝台に繋がれたかと思うと、容赦《ようしゃ》なく裸《はだか》に剝《む》かれた。

有無《うむ》を言わせぬその行動と、凍《こお》りついたようなギルフォードの目元を見て、彼がとてつもなく怒っていて、悲しんでいることを思い知った。

泣いても叫《さけ》んでも釈放《しゃくほう》の気配はなく、淫《みだ》らな責《せ》め苦《く》はずっと続けられている。

「あなたのような世間知《せけんし》らずの美しい方が、おひとりで外へ出るなど——それこそ人さらいにさらってくださいと言っているようなものです。そうなればどうなっていたか——これよりもずっとお辛《つら》い目に遭《あ》わされていたのですよ」

言って、彼はアマリアの乳頭に軽く嚙《か》みついた。

痛みと快感が同時に奔《はし》り、「ひゃっ！」と声を上げる。

秘裂に沿って、彼の屹立《きつりつ》した雄がぴたりと押し付けられ、ぐりぐりと愛撫《あいぶ》される。愛蜜を絡《から》ませた肉茎が、散々に口淫《こういん》を受けて敏感《びんかん》になった淫核までも、躊躇《ちゅうちょ》なく嬲《なぶ》りあげる。

「……あっ！　あぁっ！　もうっ……だめっ！　だめっ……いやぁっ――！」

闇の中で、白い身体《からだ》がまた踊《おど》る。

頭の中が真っ白に飛ぶ。

「六回目です。光栄《こうえい》ですよ。私の身体《からだ》で、そんなに気持ちよくなっていただけて――」

ギルフォードが優美にほほえみ、涙でべしょべしょになったアマリアの頬《ほお》に触れ、そのまま深く口づけてくる。

口内を蹂躙《じゅうりん》されるうちに、また秘所が甘く疼《うず》きだす。

（――もう、いや。どうしてこんなに淫《みだ》らに……）

「…ふぅ……ふぅ、ん――」

「もう解放されたいですか？」

問われて、アマリアは頷《うなず》いた。

「では、ねだってみてください」

「……え？」

「挿《い》れてください、と言ってください。そうすれば終わりにして差し上げます」

言って、淫液でぬめる蜜口に、雄芯の切《き》っ先《さき》を押し当ててくる。

（……そんな――）

自分から彼を欲しがれば、それで許してもらえるらしい。

他に想う男がいながら、そんなことを口にできるはずがない。

昨日、リドワーンを裏切るような言葉を口に出してしまったあとに感じた罪悪の念は、まだアマリアの胸で燻《くすぶ》っている。

アマリアは瞳を伏《ふ》せた。

「……そんなこと、言えません」

「そうですか」

すっ、とギルフォードの顔から感情が消えた。

彼はアマリアの脚の間に顔を埋《うず》め、ふたたび肉芽に口づけてくる。柔《やわ》らかくぬめりのある粘膜《ねんまく》で舐《な》めあげられ、きゅっと吸われ、アマリアは淫《みだ》らに腰を振《ふ》りたくり、悶絶《もんぜつ》した。

「ひゃっ！　あぁっ、いっ……あっ！　あぁっ……」

「——舐《な》めとってもすぐに溢《あふ》れてきますよ」

アマリアの羞恥《しゅうち》を煽《あお》るように、声音を低《こば》くしてさらに言ってくる。

「これだけ感じておきながら、よくも拒むことができますね」

「やっ…やめてっ……あっ、あぁん！」

強すぎる刺激に、身体《からだ》の奥が痛いほどに疼いている。

淫唇がもの欲《ほ》しげにひくつき、その奥の媚肉も硬い雄の感触《かんしょく》を味わいたくてうずうずしている。

「素直《すなお》になってください。ここに、挿《い》れてほしいのでしょう？」

アマリアは必死で首を横に振った。

ふっ、とギルフォードが、と熱い吐息を濡《ぬ》れそぼった陰部に吹《ふ》きかけてくる。

一瞬、淫核に、火がついたかのように熱くなる。

「——あっ……はぁ……」

身をくねらせるアマリアの両脚を大きく開かせたまま、ギルフォードは別人のように淫靡《いんび》な声音でささやいてくる。

「あなたのここがどんなふうになっているか、教えて差し上げましょうか。興奮《こうふん》して、赤く染まっていて——男を誘《さそ》う蜜を滴《したた》らせて、もの欲《ほ》しそうに震《ふる》えていますよ——」

「——そ、そんなこと……あぁっ！」

蜜口のあたりに、ギルフォードの欲望の化身があてがわれ、背筋《せすじ》がぞくりと震《ふる》えた。

「ほら、嬉しそうにひくついている。もう意地《いじ》を張るのはおやめください——私とて、あなたの中を味わいたい」

情欲を滾《たぎ》らせた彼の雄芯は、はちきれそうに張りつめている。

けれど、欲しいのは、目の前にいる男のものではない。

「……リド——」

思わず、その名前が唇から漏《も》れた。

ギルフォードの指先から、悲哀《ひあい》のようなものが伝わってくる。

アマリアは頬《ほお》を両手で挟《はさ》まれ、正面から彼の瞳を見据《みす》えさせられた。

「よく見てください。今、あなたに触れているのは私です」

吸い込まれそうに透《す》き通《とお》った瞳には、狂《くる》おしいほどの熱情が宿っている。

引き込まれそうになって、息を飲んだ。

(――いけない)

アマリアは青い瞳の呪縛《じゆばく》から逃《のが》れるように目を伏《ふ》せた。

と、ギルフォードの手が頬《ほお》から離れる。

彼は何も言わずに、アマリアの双乳に、硬く滾《たぎ》った雄を押し付けてきた。白いふくらみに、彼の雄肉が沈《しず》む。

「……やっ――」

ギルフォードはそのまま両乳房を力任《ちからまか》せに掴《つか》み、谷間に埋《う》まった雄芯を包《つつ》み込むように弄《もてあそ》ぶ。

「！　…い、痛い……あぁっ！」

まるで自分の身体《からだ》を使って自慰行為《じいこうい》をされているようだ。

きっとアマリアが彼から目を逸《そ》らしたから、ギルフォードもアマリアの意思を意識から締《し》め出したのだ。

彼の唇から、切なげな吐息が漏《も》れる。

アマリアは目を閉じた。

身を固くして、嵐《あらし》が通り過ぎるのをじっと待つことしかできない——

びくん、とふくらみに埋《う》もれた雄肉が脈動《みやくどう》するのを感じ、熱い飛沫《しぶき》が胸のあたりに散るのがわかった。

瞳を開けると、双乳を白濁《はくだく》した精が伝っていた。

ギルフォードは精をすくい、淡く色づいたアマリアの乳頭に塗《ぬ》りつけてくる。

「……あっ……いや……」

彼は無言でアマリアの乳房に、自ら吐き出した欲望を塗《ぬ》りたくってゆく。

「ギル、やめて……やめてください……」

彼の瞳は、アマリアを一切映《いっさいうつ》していない。それなのに身体《からだ》だけを好きにされる感覚が怖ろしくて、アマリアはすすり泣いた。

ふぅっ、とギルフォードに表情が戻《もど》る。

乳房を滑《すべ》っていた指先が離れる。それから、アマリアの両手首の縛《いまし》めを解《と》いた。

彼はそっとアマリアの唇《くちびる》に自らの唇《くちびる》を重《かさ》ねると、憐《あわ》れな小動物でも慈《いつく》しむような目でほほえんだ。

その微笑《びしょう》は、ひどく傷ついているように見えた。

✿
✿
✿

翌日。

アマリアが高熱を出して寝込《ねこ》んでしまったという報告を聞いて、ギルフォードは自身の行《おこな》いを激《はげ》しく後悔《こうかい》していた。

考えるまでもなく、昨夜のことが響《ひび》いている。

泣きながら許しを請《こ》うアマリアを、それでも執拗《しつよう》に攻めたててしまった——

昨夜のことを思い出すと、罪悪感《ざいあくかん》と自己嫌悪《じこけんお》でどうにかなりそうだ。

ただ、どうしても彼女の心に、身体《からだ》に、あの盗賊《とうぞく》の影《かげ》を見ると平静を保《たも》てなくなる。

あの男に出会う前のアマリアが、どれほど一心《いっしん》にギルフォードを慕《した》ってくれていたことか。

王城での生活に倦《う》み疲《つか》れ、しおれた様子でいるときも、ギルフォードと言葉を交わすだけで元来の精彩《せいさい》を取り戻していたアマリアが。逢引《あいび》きを重《かさ》ねるごとに生き生きとした輝きを増していたアマリアが。軽く唇を合わせるだけで、幸せそうに恥《は》じらっていたアマリアが——

あの盗賊《とうぞく》の手で淫《みだ》らに創《つく》り変えられ、心までも変えられてしまうなど、どうして想像できただろう。

ギルフォードのもとへ戻ってきたアマリアは、純潔《じゅんけつ》を失ったとはいえ、じゅうぶんに少女らしい清らかさも愛らしさも残していた。が、以前には感じられなかった匂《にお》い立つような色香までまとって帰ってきたのだ。

あの色気に当てられると、自制を失いそうになる。挙句《あげく》にリドワーンの影をちらつかされれば、たまらない。なにがなんでも、あの男の影《かげ》を消してやりたくなる。

だからといって、昨夜の行為《こうい》が正当化されるわけでもない。

「あのご様子では、明後日《あさって》の祝典《しゆくてん》にはご参加いただけないかもしれません」

そう、女中長が残念そうにつぶやいた。

明後日《あさって》はギルフォードが侯爵位《こうしやくい》を賜《たまわ》ったことを祝う式典――という名目の祭りを、フォルテ屋敷を解放して行う予定になっている。身分の関係なく領民《りようみん》たちも招き入《い》れ、そのときにアマリアを妻に迎えることを正式に発表するつもりだった。

「そうか……アマリア様にご無理をさせないでくれ」

「かしこまりました。ですが、式典にはお忍《しの》びでディモス閣下《かつか》もいらっしゃるとお聞きしておりますのに――」

王弟の子息であるディモス公は、アマリアの従兄弟《いとこ》に当たる。

来《きた》る戦いにおいて、総司令官《そうしれいかん》を任《まか》されるディモス公までも祝いに顔を見せるのだから、フォルテ屋敷の使用人たちの張り切りようはそうとうなものだ。

祝いの中心であるギルフォードとアマリアの仲に、深刻《しんこく》な亀裂《きれつ》が入りはじめていることに、使用人たちは誰ひとり気付いている様子はない。

✿　✿　✿

フォルテ屋敷を解放して行われている祝典《しゅくてん》に、アマリアは参加せず、自室として与えられている一室に閉じこもっていた。

高熱は下がったものの、いまだに気怠《けだる》い微熱《びねつ》は続いている。

アマリアはひとり、空になった鳥籠《とりかご》を見つめてぼんやりとしていた。

このところレニは、籠《かご》から出してやると庭園へ飛んでゆき、アマリアが呼んでも帰って来なくなった。きっと外に、友達がたくさんできたのだろう。

陽は落ち、いつもであれば静寂《せいじゃく》の落ちる時間になっても、屋敷の喧騒《けんそう》は一向《いっこう》に治まる気配《けはい》がない。

——この喧騒にまぎれて、逃げ出せないかしら?

そう思えど、寝台から出て少し動いただけでふらふらする。

ソファにもたれ、ため息をついたとき。

サァラが来客《らいきゃく》を連れ、部屋を訪れた。

静養中《せいようちゅう》のアマリアに会いに来るとは、いったいだれなのだろう?

不思議に思っていると、意外な人物が顔を見せた。

「久しぶりだな、アマリア」

そう言って入ってきた鳶色《とびいろ》の髪の男は、アマリアの従兄弟《いとこ》に当たるディモス公だった。鍛《きた》え上げられた逞《たくま》しい体軀《たいく》に、彫《ほ》りの深い顔立ちの青年で、歳はアマリアの十歳上のはずだ。

明るく豪胆《ごうたん》なこの青年は、幼い頃のアマリアをよくかまってくれたものだ。

ディモスに退室するよう促《うなが》され、サァラはそのまま退室した。

アマリアはソファから立ち、ディモスに向かって一礼する。

「お久しぶりです、閣下《かっか》」

「婚約おめでとう。本当に美しくなったな。タリア様とは少しちがうが、これもゼノビア王家の血のせいか？」

そう言って、ディモスはアマリアの髪に触《ふ》れてくる。

（え……）

その仕草《しぐさ》に、アマリアは違和感《いわかん》と、少しの不快感《ふかいかん》を覚えた。

ディモスの態度《たいど》は、気安《きやす》いを通り越して馴《な》れ馴《な》れしい。見れば、従兄弟《いとこ》の顔はかすかに上気している。

少し酔《よ》っているのかもしれない。

ディモスは目を細めてアマリアを見つめ、陶然《とうぜん》と語り始める。

「なぁ、アマリア――君はタリア様のことを覚えているか？」

息から、アルコールの匂《にお》いがする。やはり酔《よ》っているようだ。

アマリアはそれとなく身を引きながら、

「いえ、早くに亡くなりましたから、あまり……」

「そうか。私はよく覚えている。薔薇《ばら》のように艶《あで》やかな人だった。あの方の一挙一動《いっきょいちどう》を、城中の男たちが固唾《かたず》をのんで見守っていたものだよ。私は幼《おさな》かったが、タリア様が特別な魅力を持った女性だとわかっていた――タリア様は真紅《しんく》の薔薇《ばら》のようだったが、君は白い薔薇《ばら》のようだな。華やかでありながら、清楚《せいそ》な雰囲気もある。まったく――」

ディモスが、さらに身を近付けてくる。

「とても盗賊《とうぞく》に犯《おか》されたと思えない」

寒気《さむけ》がするような言い方だった。

ぞっとして硬直《こうちょく》していると、両肩を摑《つか》まれて、そのまま背後のソファに押さえ込まれた。

「！　やっ、なにを……」

「なぁ、アマリア。私の初めての人はね、タリア様なんだよ。十三の頃だったかなぁ。いまだに彼女のことが忘れられないんだ」

「や、やめてください……いやっ！」

ドレスの胸元を引き下げられ、乳房を露《あら》わにされた。

ディモスが、獣《けもの》のように舌なめずりをする。

「たまらない身体《からだ》をしてるな……なんだこの乳首は。桜貝みたいな色をしているじゃないか。本当に男を知っているのか？」

下卑《げび》た言い方をしながら、アマリアの双丘に指先を這《は》わせてくる。あまりの不快感《ふかいかん》に、肌が粟立《あわだ》つ。

「やめて！　離してっ……」

「いいじゃないか。どうせ処女《しょじょ》じゃないいんだろう？　それに君にはウインディア王家の血も流れていない。なにも問題ない」

「いやです！　やめてください！　離してっ！　触《さわ》らないで――」

突如、ディモスの指が、アマリアの細い首にかかった。

そのまま軽く力を入れられて、アマリアは声を詰《つ》まらせる。

「大声を出すなよ。君だってこんなことをしているところを、愛しいギルフォードに見られたくないだろう？」

全身の血が凍《こお》りつくようだった。

――この男は、最低だ。きっとなにを言っても通じない。

ふいにアマリアは抵抗《ていこう》するのをやめた。

ディモスが満足げに笑う。

「そうだ。いい子にしていろよ？　卑《いや》しい盗賊《とうぞく》に辱《はずかし》められた身体《からだ》を、私が清めてやろうと言っているんだ」

そのいやらしい笑い方も、口調も、反乱軍のアジトで見た暴漢《ぼうかん》たちのものと酷似《こくじ》している。嫌悪《けんお》で吐き気がした。

どうしてこんな男に辱《はずかし》められなければならないのだろう。なぜそこまで、みじめな存在に貶《おとし》められなければならないのか。

リドワーンは、こんなときのためにと身を守る武器を渡してくれた――

そっと、懐《ふところ》の短剣に手を伸ばす。

震えそうになる指に力を入れ、短剣をするりと抜く。

けれど、そこからどうすることもできない。

もし、ここでディモスを刺してしまえば、アマリア自身はもちろん、ギルフォードにまで咎《とが》が及《およ》ぶかもしれない。なにせ、ディモスは正当な王家の血を引く公爵で、アマリアにはその血は流れていないのだ。

ディモスはアマリアの行為《こうい》にまったく気づかず、薄紅色の乳頭に唇を近付けてくる。薄汚《うすぎたな》い欲望に歪《ゆが》んだ唇が、アマリアの敏感《びんかん》な箇所《かしょ》に――

突如、本能が悲鳴を上げた。

理性も打算《ださん》も、なにもかもが吹《ふ》っ飛《と》ぶ。

——嫌《いや》っ！

「——っ！」

目を閉じて、一気に短剣をディモスの背に振り下ろした。

ずっ、と刃《やいば》が肉に食い込む感触《かんしょく》に、怖気《おぞけ》が走る。

アマリアの腕力《わんりょく》では、しっかりとした筋肉がついたディモスの身体《からだ》に、短剣の先が少し沈《しず》んだだけだった。

ディモスが大きく目を見開き、それから、短剣の刺さった箇所《かしょ》に触《ふ》れる。

「アマリア？　これ……えっ……」

アマリアは短剣を引き抜き、力の抜けたディモスの腕から逃《のが》れる。

ソファから離れ、呆然《ぼうぜん》としているディモスに、血に濡《ぬ》れた短剣を向けて、言う。

「……出て行ってください」

わけがわからない、といったふうに指先についた血と、アマリアを見比《みくら》べていたディモスの顔が、徐々《じょじょ》に赤く染まってゆく。

「——ふ、ふざけるなよっ！　私を誰だと思っているんだ！」

「出て行ってください！」

悲鳴のように叫《さけ》んで、アマリアは短剣の切《き》っ先《さき》を自らの首筋《くびすじ》に当てた。

ディモスが本気を出せば、アマリアが短剣を持っているからといってどうにもできないことくらいはわかっている。

こんな男に凌辱《りょうじょく》されるくらいなら、喉《のど》を突いて死んだほうがいい。

短剣の先が喉《のど》に触れ、ぷつ、と皮膚《ひふ》の切れる音がした。白い首をひと筋《すじ》の血が伝う。

ディモスがあからさまにたじろいだ。

「やめろ、アマリア……そんなもの、淑女《しゅくじょ》が持つものじゃない」

「出て行ってください……」

そのときだった。

尋常《じんじょう》ではない物音を聞きつけたのだろう、扉のむこうから、サァラの「どうかなさいましたか？」という遠慮《えんりょ》がちな声が聞こえてきた。

ディモスが舌打《したう》ちをし、

「なんでもない。下がれ」

「サァラ！　助けて！」

悲鳴に反応して、ドアノブのまわる音が響《ひび》く。が。

「入るなと言っているだろう！　聞こえなかったのか！」

「助けて！　お願い、助けて！」

「アマリア様！」

そう言って部屋に飛び込んできたのは、サァラではなくギルフォードだった。

ギルフォードは、着衣《ちゃくい》の乱れたアマリアと、ディモスとを交互《こうご》に見て、表情を険《けわ》しくする。

「これは——」

助かった——

思ったとたん、膝《ひざ》の力が抜けた。

短剣を握《にぎ》りしめたまま、その場にへたりこむ。

ギルフォードが目の前にやって来て、アマリアの視線に合わせてしゃがみ込む。

また、彼に迷惑《めいわく》をかけてしまう……

「アマリア様、その短剣をお離しください」

言われても、指が固まってしまってうまく動かない。

「閣下《かっか》、これはどういうことでしょう？」

「私は——アマリアに婚約の祝いを述《の》べに来ただけだ」

「このような夜更《よふ》けに、ですか？」

「うっ……いいじゃないか。従兄弟《いとこ》だぞ？」

ギルフォードとディモスの声が、遠くで近くでがんがんと響《ひび》く。

頭が、熱くて重い。

くらり、と大きな眩暈《めまい》に襲《おそ》われ、アマリアはそのまま意識を手放した。

第六章　それぞれの戦い

アストライア神殿《しんでん》修道院《しゅうどういん》は、ウインディア王国の北の果てにあった。礼節《れいせつ》と純潔《じゅんけつ》を重《おも》んじる女神アストライアは、すべてを白く染め浄化《じょうか》する雪を好むことから、冬は雪深《ゆきふか》く閉ざされるこの地に祀《まつ》られているのだという。

敷地《しきち》の一画《いっかく》にある修道院で、アマリアは生涯《しょうがい》を送ることとなった。

必要最低限《ひつようさいていげん》の生活用品に、紺色《こんいろ》の修道服《しゅうどうふく》、それに真冬を過ごすための羽織《はお》りものが一枚。

それが今のアマリアに許されたすべてだった。

ディモス公を刺《さ》した後、アマリアは気を失ってしまった。

そして、ふたたび目覚めたときには、修道院《しゅうどういん》に入れられることが決定していた。

あのとき、ディモス公がアマリアになにをしようとしていたかは、アマリアのドレスが乱れていたことからも明白だ。しかし、ディモス公は来《きた》る戦いの総司令官《そうしれいかん》を任《まか》された、正当な王家の血を引く青年だ。ウインディア王家の正当な血を引いていないアマリアが、そのディモス公を刺《さ》したからには、お咎《とが》めなしというわけとはいかない。

結果、アマリアには「修道女となって余生《よせい》を送る」というもっとも無難《ぶなん》な道が用意されていたのだった。

ギルフォードは、アマリアが修道院送りにならないよう、必死でアマリアを弁護《べんご》してくれたのだとサァラから聞いた。

けれど、ディモス公はなんとしてもアマリアに処分《しょぶん》を下すと言い張ったのだという。

「きっと……ディモス閣下《かっか》は、王女様を修道院に入れてしまって、ご自分のなさったことをうやむやにしてしまいたいんです。ギルフォード様はものすごくお怒りになって、ディモス閣下に決闘《けっとう》を申し込むのではという剣幕《けんまく》でした——わたしだって、ディモス閣下のことは許せません！　どうして王女様が修道院なんかに……これからギルフォード様とお幸せになろうっていうときになって、こんなのはひどすぎます——」

サァラは涙目でそう語って、アマリアとの別れを悲しんでくれた。

思えば、サァラの優しさが、反乱軍のアジトで傷つけられた心をどれほど癒《いや》してくれたことだろう。

「サァラ、本当にありがとう。あなたのことは、ずっと忘れません」

アマリアはまわりに決められたすべてのことを従順《じゅうじゅん》に聞き入れたが、唯一《ゆいいつ》、リドワーンに渡された短剣だけはこっそりと荷物の奥に忍ばせた。

これはいかなるときもアマリアの心を支えてくれたし、実際にディモスから身を守る武器にもなってくれた。

フォルテ屋敷を発つ際《さい》、ギルフォードはまっすぐにアマリアの瞳を見つめ、

「この戦いで、私は必ずリドワーンを討ち取ります。戦勝のあかつきには、あなたを修道院より恩赦《おんしゃ》していただけるよう掛《か》け合います――戦争が終われば、ディモス閣下にも決闘《けっとう》を申し込みますよ。あなたを脅《おびや》かす者は、何者であろうとすべて排除《はいじょ》しておきます。ですから、ご心配なく。必ずあなたをお迎《むか》えに上がります」

そう言って、いつものように片膝《かたひざ》をつき、アマリアの手に口づけた。

アマリアは首を横に振り、

「――わたしは、修道女になります。ですから、これはお返しいたします」

そう言って、サファイアの指輪を返すことができた。

ギルフォードは、ご婦人方に絶大《ぜつだい》な人気がある。いつかきっと、自分よりももっと彼にふさわしい、身も心も清らかな淑女《しゅくじょ》が現れるだろう。

「レニ、さようなら。いままでありがとう」

フォルテ屋敷の庭園の水飲み場で、他の小鳥たちに混じって毛づくろいをしていたレニにも別れを告げた。

レニを連れて行くことができればどれほど癒《いや》しになるだろうと思ったが、フォルテ屋敷の庭園にすっかり馴染《なじ》み、のびのびと飛び回るレニを、雪深く閉ざされる北の地に連れて行くなど、かわいそうでできなかった。

修道院の冷たく荘厳《そうごん》な灰色の石造りの壁《かべ》を見て、アマリアはレニを連れてこなくてよかったと痛感《つうかん》していた。

修道女たちの年齢はさまざまで、アマリアと同じほどの歳の娘も何人かいた。ここでは、互《たが》いの事情に触《ふ》れないのが不文律《ふぶんりつ》だ。アマリアはここに来て、生まれて初めて王女という身分に関係なく、対等《たいとう》に語り合える友人を得ることができた。

世間の流れから隔絶《かくぜつ》されたこの場所で、友人たちとともに静かに祈《いの》りながら過《す》ごす日々は、思いのほかアマリアの癒《いや》しになった。

けれどときどき、夜中に目が覚めたときなどに、ふいにリドワーンとの約束を思い出して眠れなくなることがある。

こんな辺境《へんきょう》にいても、巡礼者《じゅんれいしゃ》たちの口から漏れた反乱軍の噂《うわさ》が、修道院の中にまで伝わってくるものだ。

いまや反乱軍は『解放軍』と呼ばれ、平民階級から絶大《ぜつだい》に支持《しじ》されていること。

王国軍が、反乱軍に正式に宣戦布告したこと。

近いうちに、決戦になるだろうということ。

アマリアが停滞《ていたい》した世界に身を置いている間にも、情勢《じょうせい》は刻一刻《こくいっこく》と変化している。

その激動《げきどう》の中心に、リドワーンが身を置いているのだと思うと、とても平静ではいられない。

(――リド、どうか無事《ぶじ》でいて――)

眠れぬ夜、アマリアはリドワーンに贈《おく》られた短剣を胸に抱き、静かに祈《いの》りを捧《ささ》げた。

✿ ✿ ✿

秋の二十三日目より始まった戦いは、すでに佳境《かきょう》を迎《むか》えていた。

所詮《しょせん》は烏合《うごう》の衆《しゅう》、と反乱軍を侮《あなど》っていた王国軍は、その烏合《うごう》の衆《しゅう》を相手に苦戦《くせん》を強《し》いられていた。

さらに晩秋《ばんしゅう》になると、反乱軍の戦士の数は飛躍的《ひやくてき》に増加《ぞうか》する。

反乱軍に身を置く農民たちが、稲刈《いねか》りを終えて戦いに専念《せんねん》できるようになったのだ。

王国軍は、そのことをまったく考慮《こうりょ》していなかった。戦況《せんきょう》は今や、王国軍に有利とは言い切れない状況となりつつある。

暦《こよみ》が冬に突入するとほぼ同時に、決戦の火蓋《ひぶた》は切って落とされた。

悲鳴と怒号《どごう》と血の飛び交う戦場を、リドワーンは部下たちとともに駆《か》け巡《めぐ》っていた。

率先《そっせん》して前線に身を投じ、王国兵を容赦《ようしゃ》なく斬《き》り捨《す》ててゆくリドワーンの姿に、反乱軍の士気《しき》は高い。

対して、王国軍の兵士は動揺《どうよう》している。

風向きはリドワーンの味方をしているようだ。が。

「リド！　ジンが殺《や》られた！」

腹心《ふくしん》の死を告げられ、血に酔《よ》いかけていた意識がはっとした。

「敵側《てきがわ》に強いのがいる！　銀髪の若い騎士だ！」

ギルフォード卿《きょう》だ。

リドワーンは確信した。

「――あれと正面から戦うなよ。吹《ふ》き矢を持っているやつがいれば、それで弱らせてから仕《し》留《と》めろ」

騎士ではないリドワーンには、騎《き》士《し》道《どう》精《せい》神《しん》に則《のっと》り真正面から正々堂々《せいせいどうどう》と勝負する義務などない。

あんな化け物じみた力量の持ち主と、まともに戦っては戦力を消耗《しょうもう》するだけだ。

相手の体力を消耗《しょうもう》させて、それから獲《と》りに行けばいい――

そう考えていたはずだった。

それなのに、あの騎士の青い瞳と、リドワーンの琥珀色《こはくいろ》の瞳とが、ふいにかち合ってしまった。

たったそれだけのことで、リドワーンの理性は狂《くる》ってしまった。

――あいつは、俺が獲《と》る。

気付けば馬の腹を蹴《け》り、ギルフォード卿へと疾走《しっそう》させていた。

「おい！　リド……行くのかよっ⁉」

仲間の声を振り切って、リドワーンは戦場を駆《か》ける。

ギルフォード卿もまた、こちらへ向かって突っ込んでくるのを見た。

まっすぐにぶつかり合うかに思えた二人が、交差直前《こうさちょくぜん》に武器を振《ふ》るう。

互いの白刃《はくじん》がきらめき、空中でぶつかり合った。

「――っ！」

二合、三合と剣が交差する。

その度《たび》に、互《たが》いの力量にほとんど差がないことを痛感《つうかん》する。

「リドワーン！　……貴様だけは、私がこの手で葬《ほうむ》る……！」

激情《げきじょう》に支配された瞳で、そう言ったギルフォード卿に、

「それは——こっちの台詞《せりふ》かもな」

返して、再び斬《き》り結《むす》ぶ。

絶対に負けられない。

アマリアは、リドワーンを選んでいる。

その上でこの男に負けてしまったのでは、格好《かっこう》もなにもついたものではない——

ふいに互いの剣が離れ、距離《きより》を取り、睨《にら》み合う。

世界から雑音《ざつおん》が消え去り、五感のすべてがギルフォード卿にのみ向かって凝縮《ぎようしゆく》されてゆく。

視界《しかい》が狭《せば》まり、そのぶん異様な集中力で、戦う力が高まっていた、そのとき。

何か小さな物体《ぶったい》が、陽光をかすかに反射した。

(——!?)

吹《ふ》き矢《や》だ——

認識した直後。

ギルフォード卿の身体《からだ》が、馬上で傾《かし》いだ。

卿は、吹き矢で片方の瞳をやられたようだ。

それを見て、リドワーンの中で昂《たか》ぶっていた熱が一気に冷めた。

これでも、勝負は付いた。

あとは、自分が剣を振《ふ》るえば、この男を獲《と》れるだろう。

——しかし、釈然《しゃくぜん》としない。ここは己の力のみで、ギルフォード卿を討《う》ち取ってこそ意味のある場面だった——

が、そんなことは、リドワーンの自己満足にすぎない。

この戦いの全体において、リドワーンの私情《しじょう》など、極《きわ》めてどうでもいいことだ。

と、そのとき。

仲間のひとりが意外な声を上げた。

「リド、ローダが殺《や》りに行った！」

どういうことだと視線をやるよりも先に、反乱軍唯一《ゆいいつ》の女騎兵《おんなきへい》であるローダが、ギルフォード卿に向けて一直線に馬を馳《は》せている。

途中《とちゅう》、鉢合《はちあ》わせる王国軍の兵たちを、鉄の棍棒《こんぼう》でことごとくぶち倒《たお》しながら進撃している。

その姿は鬼神《きじん》のようだ。

ローダはいま、戦いの気に乗っている。

リドワーンは直感《ちょっかん》でそう判断した。

「ローダを止めるな。あのまま行かせろ」

✿
✿
✿

混戦《こんせん》の様《さま》を呈《てい》してきた戦場を、ギルフォードは愛馬とともに駆《か》け巡《めぐ》っていた。

反乱軍の戦士を、もう何人斬《き》って捨《す》てただろう。

いつしか敵側《てきがわ》の戦士たちは恐れをなし、ギルフォードのまわりから引いていた。

それもどうでもいいことだ。

本気で討《う》ち取りたい人間は、敵側《てきがわ》にはたったひとりしかいない。

「リドワーン！　どこにいる！」

黒ずくめの盗賊《とうぞく》の姿を探し、戦場を駆《か》け巡《めぐ》る。

途中《とちゅう》で鉢合《はちあ》わせた敵将《てきしょう》も斬《き》り捨《す》てた。

台風《たいふう》の目のように、ギルフォードのまわりにだけ敵の姿がない。

そんな一種異様《いっしゅいよう》な光景の中で、リドワーンを見出《みいだ》した。

リドワーンもまた、こちらに対して思うところがあるようで、そのまま一騎打ちとなった。

が、途中《とちゅう》で、敵から吹き矢を受けてしまった。

その細い針は、左の眼球《がんきゅう》に突き刺《さ》さった。

息を呑《の》み、その痛みに耐えた。しかし、涙が溢《あふ》れるのは理性ではどうにもできない。

視界が涙の膜《まく》で揺《ゆ》れ、まともに視認《しにん》ができない。

不自由な視界において、それでも、こちらに向かってくる敵の姿だけは確認した。

すぐに追撃《ついげき》に来ると思っていたリドワーンではなく、どっしりとした栗毛馬《くりげば》にまたがった戦士で、ギルフォードに向かって一直線に突進《とっしん》してきている。

敵の得物《えもの》は剣ではなく、鉄製の棍棒《こんぼう》のように見える。

真正面から挑《いど》んでくる、牡牛《おうし》のような顔をした勇敢《ゆうかん》なる戦士を迎《むか》え撃《う》とうと、ギルフォードは剣を握《にぎ》る手に力を入れた。

戦士が、掛《か》け声とともに棍棒《こんぼう》を振《ふ》り上げる。

「どっりゃあぁ――！」

その声音になにか違和感《いわかん》を覚えつつ、愛馬《あいば》を駆《か》って戦士の一撃《いちげき》を躱《かわ》す。

男にしては、少し声が高い。

間合《まあ》いを取り、片方の瞳だけで戦士の顔を見つめ、それから身体《からだ》つきに視線を走らせる。

――女性なのか？

戸惑《とまど》っている間にも、戦士はさらに攻撃《こうげき》を仕掛《しか》けてくる。

一撃一撃《いちげきいちげき》に、じゅうぶんな速さと力が乗っているのが風を切る音だけでもわかる。

「くらえぇ！」

そう叫《さけ》ぶ声は、やはり女性のものだ。

ギルフォードは混乱した。

相手が女性であれば、剣を向けることは彼の信念《しんねん》に反する。

しかし、目の前の戦士には、そこらの男よりもずっと力量があることは、さきほどからの攻撃から判断すれば明白だ。

「――お待ちください、ご婦人！」

ぴたり、と女戦士の動きが止まった。

まっすぐにこちらを見つめてくる彼女に、ギルフォードは声を張る。

「私は女性に向ける剣は持っておりません。どうか、武器をお収《おさ》めください！」

言うと、女戦士は一気に顔を赤くした。

「あんた……アタシを馬鹿《ばか》にしてるのかいっ？」

「！　そのようなことは――」

「問答無用《もんどうむよう》だよっ！」

女戦士の、勇《いさ》ましい声。

吹き矢のせいで、明瞭《めいりよう》ではない視界での戦いは、あまりにも不利《ふり》だった。

「おっりゃー！」

女戦士がかけ声とともに放った渾身《こんしん》の一撃《いちげき》を、避《さ》けきることができなかった。

鳩尾《みぞおち》を棍棒《こんぼう》で強打《きようだ》され、ギルフォードの意識は途絶《とだ》えた。

✿ ✿ ✿

ロー ダの一撃《いちげき》がギルフォードの腹に沈《しず》んだのを見て、リドワーンは大きな事柄《ことがら》がひとつ終わったと感じていた。

ギルフォード卿が目を負傷《ふしょう》した時点で、すでに勝負はついていたようなものだ。

あの瞬間、リドワーンはギルフォードに対する敵愾心《てきがいしん》を、一瞬で失ってしまった。

後はもう、あの男を自分が討《う》とうが他の人間が討《う》とうが、リドワーンにとっては同じことだ。

獲《と》った、か──

「こいつはアタシの獲物《えもの》だよっ!」

ローダは勝利の雄叫《おたけ》びとともに、落馬《らくば》したギルフォードに駆《か》け寄《よ》った。ぐったりとなった騎士の瞳に刺《さ》さった細い針を抜《ぬ》いてやっている。

そして手際《てぎわ》よく、ギルフォードを縛《しば》り上げると、

「この男はアタシがもらうからね!」

ローダはそう言って、軽々《かるがる》と騎士を担《かつ》ぎ上げた。

「ああ。好きにしろ」

言い放ち、リドワーンはローダと、気の毒な騎士とに背を向けた。

見渡《みわた》せば、少し離れたところに、敵の総司令官《そうしれいかん》と思《おぼ》しき男の姿がある。

ディモス公だ。

——俺は、あれを獲《と》る。

あれを倒《たお》してしまえば、王国軍は一気に崩《くず》れる。

リドワーンは愛用の曲刀《きょくとう》を片手に、愛馬《あいば》の腹を蹴《け》って駆《か》け出した。

✿ ✿ ✿

意識が戻《もど》ったとき。

ギルフォードは両手足を縛《しば》られ、地面に転がされていた。負傷《ふしょう》したほうの瞳には包帯《ほうたい》が当てられている。王国軍の誰かが手当てしてくれたのだろうかとも思ったが、それならなぜ拘《こう》束《そく》されているのか。見れば、剣も取り上げられている。

目の前には焚《た》き火にくべられた鉄鍋《てつなべ》と、戦場で対峙《たいじ》した勇猛《ゆうもう》なる女戦士の姿があった。他に人の姿はない。

どうも森のような場所に、彼女とふたりだけでいるようだ。

鉄鍋《てつなべ》からはなにかが煮立《にた》つぐつぐつという音と、肉と香草のうまそうな匂《にお》いが湯気《ゆげ》とともに立ち上っている。

焚《た》き火の灯《あか》りが女戦士の雄々《おお》しい顔を浮かび上がらせ、異様な雰囲気を醸《かも》している。

あの鍋で、自分も煮《に》て食われてしまうのだろうか——

そんな馬鹿馬鹿《ばかばか》しい考えが脳裏《のうり》をよぎるほどに、不可解《ふかかい》な状況《じょうきょう》だった。

不可解《ふかかい》ながらも、自分が捕虜《ほりょ》になったのはまちがいない。

殺されずに生かされているということは、身代金《みのしろきん》が目的か。貴族を捕《と》らえて命と引き換《か》えに金を要求することは、よくあることだ。

屈辱《くつじょく》だった。

家畜《かちく》のように縛《しば》られて転がされ、これから金で取り引きされるのだから。

しかし、もしも自分が女性であれば、さらなる責《せ》め苦《く》にあっていただろう。

罪なくして捕《と》らわれ、凌辱《りょうじょく》されたアマリアは、いったいどれほどの屈辱《くつじょく》を味わわされたのだろう——

そんな、どうしようもない思考が頭の中をぐるぐるまわる。

「気が付いたのかい」

女戦士が立ち上がり、ギルフォードの傍にやってくる。と、ギルフォードの両手首を縛《しば》っていた縄《なわ》を解いてくれた。

「目の包帯《ほうたい》を取るんじゃないよ。いま光に当てると失明《しつめい》するかもしれないからね」

女戦士からは、捕虜《ほりょ》になったギルフォードを蔑《さげす》むような気配はまったくない。本当に、目のことを思って言ってくれているのだろう。

「……わかりました」

「うむ。じゃあ、これをお食べ」

言って、彼女は鍋《なべ》の中のスープを木の器《うつわ》に入れ、スプーンといっしょに差し出してくる。

ギルフォードは困惑《こんわく》した。

敵に施《ほどこ》しを受けるほど落ちぶれるわけにはいかない。

しかし、女性が提供《ていきょう》してくれる心づくしの料理を断《ことわ》ることは、騎士道精神《きしどうせいしん》に反するのではないだろうか。

「毒なんて入っちゃいないよ」

「いえ、そのようなことは考えておりません」

「だったら食べな」

ずいっ、と鼻先に器《うつわ》を突き付けられ、ギルフォードはそれを受け取った。

「では――いただきます」

いかにも美味《うま》そうな匂《にお》いのスープを、ひとくち口に入れる。

――すこぶる不味《まず》い。

しかし、ギルフォードは生まれも育ちも貴族の青年だ。そんな本音は微塵《みじん》も顔に出さないのが最低限《さいていげん》の礼儀である。

いつものように優美に微笑《びしょう》し、

「とても美味《おい》しいです。我が家の料理長にも負けていません」

言うと、女戦士はカッと顔を赤くした。

「味オンチなんじゃないのかい、あんた……どうかしてるんだよ。アタシのこと、ご婦人、なんて呼ぶしさ」

「では、なんとお呼びいたしましょう？」

「ローダだよ」

「ローダ、ですね。花のような名前だ」

女戦士の顔が、ますます赤くなった。

「あ、あんた！　やっぱりアタシを馬鹿《ばか》にしてるだろうっ！」

そんなつもりは毛頭《もうとう》ない。が、先ほどから彼女を怒らせてばかりだ。

ここは女性としてではなく、戦士として接するのが礼儀なのだろうか。女戦士と対峙《たいじ》することは初めてなので、どのような振《ふ》る舞《ま》いが無礼《ぶれい》に当たるのかがわからない。

「お気に障《さわ》ったのであれば、申し訳ありません。ローダ、戦局《せんきょく》はどうなりましたか？」

問うと、ローダはふんっ、と鼻を鳴らした。

「アタシたちの勝ちだ。王国軍の大将は、リドが殺《や》っちまったよ」

「そう、ですか……」

アマリアを辱《はずかし》めようとしたディモス公は、宿敵《しゆくてき》であるリドワーンに討《う》たれてしまったようだ――

「革命は成功だ。貴族制もなくなるね。あんたも貴族様じゃなくなるってこった」

言われて、はっとした。

ならば、自分を生かしておいても身代金《みのしろきん》を請求《せいきゆう》できないのではないのだろうか。なのになぜ、生かされているのか。

「あなたは――私を助けてくださったのですか？　なぜです？」

問うと、なぜだか彼女はふて腐《くさ》れたように唇を曲げ、

「……あんた、あのままあそこに放っておいたら、絶対に死んじまってただろ？　いくら敵だからっていってもさ、あんたみたいな強くて立派《りつぱ》な男が死んじまうなんて、まちがってると思っただけだよ」

その言葉に、ギルフォードはいたく感銘《かんめい》を受けた。

ローダには信念《しんねん》があり、彼女がそれに基《もと》づいて行動した結果《けつか》、自分の命はすくい上げられたのだ。

彼女は、類《たぐい》まれなる崇高《すうこう》な精神を持った戦士だ。

「御心《みこころ》に感謝いたします。あなたのような高潔《こうけつ》な戦士に討《う》たれたのであれば、悔《く》いはありま

せん」

それは心から出た言葉だった。

おかげで命を繋ぐことができた。生きてさえいれば、いつか必ずアマリアを迎《むか》えに行ける日も来るだろう。

勇壮《ゆうそう》なる女戦士は、太陽のように屈託《くったく》なく笑った。

終章　再会のとき

反乱軍の勝利と、王国軍の敗北をアマリアが知ったとき。

北の果てにあるアストライア神殿修道院《しんでんしゅうどういん》は、深い深い雪に閉ざされていた。豪雪《ごうせつ》の中に佇《たたず》む石造りの修道院は、まるで氷の牢獄《ろうごく》のようだ。

修道院の厨房《ちゅうぼう》で、ほかの修道女たちとともに巡礼者《じゅんれいしゃ》に振《ふ》る舞《ま》うための豆のスープを作りながら、アマリアはここを出てゆく方法を必死で考えていた。

カンパニアへ行かなければならない。

けれど、この雪の中をひとりで歩いて出てゆくなど、それこそ自殺行為《じさつこうい》だ。

春まで待つしかないのだろうか。

けれど、待ちくたびれたリドワーンが約束の場所へ来てくれなくなってしまったら——でも、どうやってもいまの時期に修道院を出ることは不可能《ふかのう》だし——

思考が、堂々巡《どうどうめぐ》りに陥《おちい》る。

そんな日々を、ひと月ほど過《す》ごした頃。

ウインディアの最果《さいは》てにあるアストライア神殿修道院《しんでんしゅうどういん》にも、ついに『解放軍』の一隊がやってきた。

はじめ、アマリアはその一行《いっこう》が軍隊であることにまったく気付かなかった。

その一隊《いったい》は女性だけで構成《こうせい》されていたので、神殿を訪《おとず》れた巡礼者《じゅんれいしゃ》が修道院の中を見物に来ているものだと思っていたくらいだ。

ただ、先頭を行く短い金髪の娘に見覚《みおぼ》えがあり、少し注意して見つめたとき。

(――エナ!)

かつてアマリアに仕《つか》えていた、反乱軍の娘であることに気付いたのだ。

硬直《こうちょく》していると、エナのほうもこちらに気付いたらしく、大きく目を見開く。

エナは、一行《いっこう》に院内の説明をしていた修道院長の話をさえぎり、ちらちらとこちらを見ては、なにやらひそひそと語りかけている。

かと思うと、修道院長がうなずき、アマリアのほうへやってきた。

「アマリアさん、あちらの方があなたとお話をなさりたいそうです」

空中で、アマリアのすみれ色の瞳と、エナの視線がかち合う。

エナはかつて、王女としての自分に侍女として仕《つか》えていた娘だ。王族としてのアマリアを裏切り、反乱軍へ拉致《らち》させ、でも、そのおかげでリドワーンと出会うことができた――

エナに対して、アマリアが抱《いだ》く思いは複雑《ふくざつ》すぎる。

そんなことなど露知《つゆし》らぬ修道院長に、アマリアは、「はい」と短く答えて、エナのもとへ歩いた。


火を落としたばかりの聖堂は、まだ暖《あたた》かかった。

アマリアとエナをここへ案内してくれた修道院長は、再び暖炉《だんろ》に火を入れて、一礼すると立ち去ってゆく。

裏切《うらぎ》られた娘と、裏切《うらぎ》った娘。

かつては王女だった少女と、侍女だった少女。

いまは、修道女と、解放軍の小隊長としてここにいる。

幾多《いくた》の変遷《へんせん》の末、こうしてまた出会ってしまった。

裁《さば》きの女神でもあるアストライア像の前で、ふたりの少女は対峙《たいじ》する。

先に沈黙《ちんもく》を破《やぶ》ったのは、エナだった。

「久しぶりね、王女様。まさかあんたみたいな淫乱《いんらん》が、貞節《ていせつ》の女神の神殿にいるなんて」

皮肉《ひにく》げにそう言って、エナは鼻で笑う。

やはりこの娘には、とことん徹底的《てっていてき》に嫌《きら》われているようだ。

以前のアマリアであれば、それだけでひどく傷ついていただろう。けれど、数々の波乱を乗り越えたいまは、この娘に嫌われたところで心が揺れ動くようなことはない。

「お久しぶりです、エナ。リドワーンは、どうしておられますか？　怪我《けが》などされていませんか？」

問うと、エナの瞳がキッとつり上がる。

「さっそく男のことだけ訊《き》いてくるの？　信じられない！　いったいどれだけ男好きなのよ、あんた！」

「誤解《ごかい》です。わたしは殿方《とのがた》が好きなのではなくて、リドワーンのことが好きなだけです」

「よくもまぁ、ぬけぬけと……」

「リドワーンはお元気ですか？」

知りたいのはそのことだけだ。

「お元気もなにも絶好調《ぜっこうちょう》よ！　王国軍の総司令官《そうしれいかん》もリドが仕留《しと》めたわ。ディモス公爵だったかしら？　あたしは見たこともないけど、あれ、あんたの従兄弟《いとこ》なんでしょ？」

「！　そうですか。リドが、ディモス公を……」

ディモス公が、討《う》たれた。

最低な男は、想い人が成敗《せいばい》してくれた。偶然《ぐうぜん》だろうが、まるでアマリアの屈辱《くつじょく》を晴らしてくれたようだ。

（ありがとう、リド――）

「ちょっと……あんた、なに笑ってるのよ……ディモス公って、あんたの従兄弟《いとこ》なんでしょ？」

「はい。小さい頃は、よく遊んでもらいました」

だから、信用していた。それなのに、思い出を踏《ふ》みにじるような最低の行為《こうい》をされた。

思い出したくもない苦々《にがにが》しい体験だ。

「じゃあ、なんで笑ったのよ……怖い女……」

本当にぞっとしたように、エナが一歩引いた。

事情を知れば、エナだってわかってくれるかもしれない。

けれど、エナはアマリアのことをとことん嫌《きら》っている。きっと公平な感覚で判断《はんだん》してはもらえない。だから、

「――いろいろありましたから」

それだけ言った。

短く言い放ったアマリアの表情は、エナの目に、底知《そこし》れぬ不気味《ぶきみ》さと美しさの両方を孕《はら》んで映った。

エナの顔が、嫌悪《けんお》と屈辱《くつじょく》で歪《ゆが》む。

「そう……あたしなんかに話しても無駄《むだ》って言いたいのね。本当に、嫌《いや》な女——」

言いながら、エナは帯《お》びていた短剣を抜き、こちらに突き付けてくる。

「ねぇ、王女様。あんた、自分の状 況《じょうきょう》がわかってるの？　いままでうまく隠《かく》れてたつもりかもしれないけど、あたしたちに見つかったってことは、これから捕まって裁判《さいばん》にかけられるのよ？　そうなると、まちがいなく王族のあんたは死刑になるわね」

(——えっ……)

言われて、はじめて気付いた。

反乱軍に見つかったということは、そういうことだ。

たとえアマリアに、ウインディア王家の血が一滴も流れておらず、王城では微妙な立場故《ゆえ》に、軽んじられていた王女であったとしても、だ。

戦争には、反乱軍が勝利した。これからリドワーンと再会し、王家の楔《くさび》から自由になり、リドワーンと生きてゆけると思っていた矢先であったのに——

なんの前触《まえぶ》れもなく、いきなり冷や水を掛《か》けられたような気がした。

「そんなこと……きっと、リドワーンが止めてくれます」

「ええ！　きっと止めるわね！　でも無駄《むだ》よ、裁判は公平な場だもの。どうせあんたは死ぬのよ。あんたに王族としての誇《ほこ》りがあるんだったら、いま、この場で自害《じがい》しなさいよ」

突き付けられた刃《やいば》を、アマリアは凝視《ぎょうし》した。

(わたしが、自害？　これからリドワーンと再会するのに、どうして？)

「お断《ことわ》りします」

「そう。じゃあ、あたしが殺してあげるわよ！」

「っ！」

と、いきなりエナに短剣を振《ふ》り下ろされた。

とっさに後ろへ体重を移動《いどう》させて躱《かわ》したが、そのまま尻《しり》もちをついてしまう。

(――殺される……ここで？)

この娘に？

もう少しでリドワーンに会えるかもしれないのに？

そんなの、絶対に認められない！

アマリアは懐《ふところ》を探り、リドワーンに渡された短剣を抜き放った。尻もちをついたままの姿勢《しせい》で、エナのほうへ切っ先を向ける。

「この女っ……修道女になったくせに、そんなもの隠《かく》し持って！」

エナの瞳に本気の殺意が宿る。

アマリアは全身を震《ふる》わせながら、それでもエナの瞳を正面から睨《にら》み返した。

「わたしは、絶対にまたリドワーンに会うんです！　だから、ここで死ぬわけにはいかないんです！」

言い放ったアマリアの声には、愛を貫《つらぬ》こうとする女の、愚直《ぐちょく》なまでのひたむきさと傲慢さがあった。

エナが、まるで打たれたように身を震《ふる》わせた。そのとき。

重苦《おもくる》しい音を立てて、聖堂《せいどう》の古い扉が押し開けられた。

ふたりの少女はほぼ同時に、扉のほうへ目をやる。

と、空を裂《さ》く音と、銀色の光が奔《はし》り、エナの手にしていた短剣が吹《ふ》っ飛《と》んだ。

「きゃっ……」

聖堂の石床に、エナの短剣と、大ぶりのナイフが音を立てて転がる。

誰かがナイフを投げて、エナの短剣を落としたのだ。

アマリアは息を飲んで、扉の方へ目をやった。

黒ずくめの装《よそお》いの、背の高い、黒豹《くろひょう》のような青年がそこにいる。

「リド……」

その姿を目にしたとき、喜びよりも驚きが先に立った。

リドワーンは琥珀色《こはくいろ》の瞳でまっすぐにアマリアを見つめ、微笑《びしょう》した。

――もう大丈夫《だいじょうぶ》だ。

そう言ってもらった気がして、アマリアの肩から力が抜ける。

「エナ、仲間がお前を呼んでいた」

リドワーンはエナに目もくれず、アマリアを見つめたまま言った。

エナはすっかり戦意を喪失《そうしつ》してしまったらしい。動揺《どうよう》で顔を赤くし、

「え、ええ……わかったわ」

そう言って、床《ゆか》に落とされた自分の短剣を拾《ひろ》うと、そそくさと聖堂を出てゆく。

(――助かった……)

尻もちをついたまま脱力するアマリアのもとへ、リドワーンが歩んでくる。

アマリアは呆然《ぼうぜん》と、リドワーンの精悍《せいかん》な顔を見上げた。

「リド……本当に、あなたなのですか?」

「当たり前だろ?」

言って、彼は苦笑《くしょう》する。

「だって、ここはカンパニアじゃありませんよ?」

「お前が修道院に入れられたと知って、駆《か》けつけたんだよ」

そう言いながら、こちらに手を差しのべてくる。

(本当に、本物のリド……!)

どこか高貴さを漂《ただよ》わせた精悍な顔立ちも、しなやかに鍛《きた》えられた身体《からだ》つきも、おそらく、この世にふたりといないであろう黒豹のような独特の雰囲気も――すべてリドワーンのものだ。

じんわりと胸が熱くなる。

アマリアはリドワーンの手を取り、立ち上がろうとした。が、膝《ひざ》に力が入らない。

いまさらになって、エナとやりあった緊張で立てなくなってしまったらしい。

「あ、あら……？」

どうしても力が入らなくてまごついていると、軽々と横抱《よこだ》きにされた。

抱《いだ》かれた彼の逞《たくま》しい腕と胸板の感触に、リドワーンと触れ合った心と身体《からだ》の記憶が一気によみがえる。

（リドの香りがする……）

アマリアは陶然《とうぜん》とし、彼の胸に顔を当てた。

「お前に会いたかった。アマリア」

「わたしもです――」

ふっ、とリドワーンが笑って、アマリアの額《ひたい》に自分の額《ひたい》を当ててくる。

「廊下まで声が響いていた――嬉しかったよ。俺もお前にこうして会うために、戦場を切り抜けたんだからな」

『わたしは、絶対にまたリドワーンに会うんです！　だから、ここで死ぬわけにはいかないんです！』

あの声が、聞こえていたらしい。偽《いつわ》りのない、心から出た言葉だ。

「わたしも——あなたに会いたいと思ったから、戦うことができました——」

同じ気持ちでいてくれたことが、この上なく嬉しい。

微笑《ほほえ》むと、唇《くちびる》が唇《くちびる》で塞《ふさ》がれた。口内に侵入してくる甘い熱は、美酒のように身体《からだ》じゅうに広がり、アマリアを酔わせる。

じゅん、と下腹部が潤《うる》むのを感じた。

鼓動《こどう》がどんどん速くなる。

口づけられたまま、聖堂に立ち並ぶ長机のひとつの上に降ろされ、押し倒《たお》されると、壇《だん》上《じょう》にある白亜のアストライア像が目に入った。

と、修道服の上から胸のふくらみを弄《もてあそ》ばれていることに気付き、アマリアは動揺《どうよう》した。

正義と貞節《ていせつ》の女神像の前で、なにをはじめようというのか。

軽く首を振って、彼の口づけから逃《のが》れる。

「……ま、待って、待ってくださいっ……」

「どうした？」

「だめです、こんな場所で……」

数か月にすぎないが、アマリアはここで修道女として生活してきた。

神聖なるアストライア像の見下《みお》ろす場で、不埒《ふらち》な行《おこな》いをするのはさすがに後ろめたい。

リドワーンは、アマリアの視線の先に女神像があることに気付いたのだろうが、不埒《ふらち》な振《ふ》る舞《ま》いをやめる気配はない。

それどころか、修道服を脱がせにかかりながら、艶《つや》めいた声音で言う。

「女神様にも見せつけてやれ。お前がどれほどいやらしいか、知ってもらえよ」

言われて、一気に顔が赤くなるのを感じた。

「リド、待って——どこか、別の場所で……あっ！」

修道服のボタンが外され、上半身を露《あら》わにされた。張りのある双乳がふるえながらこぼれて、リドワーンの視線に晒《さら》される。

「だ、だめ……ここではだめです……」

真っ赤になって胸元を覆《おお》い隠《かく》すと、スカートの裾《すそ》をめくりあげられて、アマリアは激しく狼狽《ろうばい》した。

彼は本気だ。本当に、この神聖な場で事に及《およ》ぶつもりだ。

「リド！　お願い、ここでは——」

と、軽く耳殻《じかく》を食《は》まれた。抵抗《ていこう》する力が抜けてしまう。

「あっ……」

熱くなった耳に、淫靡《いんび》な声が吹き込まれる。

「そう恥じらっているところを見ると、余計《よけい》にしてやりたくなる」

(——信じられない……)

こっちは必死なのに、あんまりだ。

困り果てている間にも、リドワーンは躊躇《ちゅうちょ》なくアマリアの下着を剝《は》ぎとってゆく。

秘処が空気に触れて、アマリアはぶるりと身を震《ふる》わせた。

「……いやぁ……」

泣きたい気持ちで彼を見上げるも、リドワーンはいかにも楽しげにアマリアを眺《なが》め、

「犯《おか》されるのが好きだったよな。いきなり挿《い》れてやろうか？」

などと、低く艶《つや》めいた声で言ってくる。

「い…いや……いやです！」

「そうやって嫌《いや》がってる顔が、たまらなく可愛いんだよ。お前は」

「う、うれしくありませんっ……あっ！」

ちゅっ、と乳頭を唇で愛撫され、背筋にぞくりと甘い戦慄《せんりつ》が奔《はし》る。

同時に、蜜口に熱く固いものが触《ふ》れ、ぐっ、と媚肉に食い込んだ。

「っ！　あっ……！」

まだじゅうぶんに熟《じゅく》していない内部に、先端《せんたん》が埋《う》め込まれる。そのまま、ぎちぎちとめり込むように、彼の雄肉が侵入してくる。

「——いっ……あぁっ！　ああっ！」

痛みでこぼれた涙を、リドワーンが唇ですくった。そのやわらかな感触《かんしょく》に、ぞくぞくす

るほどの幸福を感じる。

心に反応した媚肉が、徐々《じょじょ》に熟《う》れてゆく。

壇上《だんじょう》からこちらを見下ろしてくる女神像の冷たい視線が突き刺さるようで、いたたまれない。

だからといって、身体《からだ》の昂《たか》ぶりを抑《おさ》えることはできない。

「……ふっ……うっ…うぅん……」

「もう良くなってきたのか？　相変《あいか》わらず感じやすいな」

ぐっ、と突き上げられると、くちゅり、と陰部が濡《ぬ》れた音を立てた。いきり立った雄肉の先端《せんたん》で、肉洞の最奥を突かれ、背筋《せすじ》を快感が伝う。

「——っ！」

思わず嬌声《きょうせい》を漏《も》らしそうになって、唇を噛《か》みしめた。

ここは、神聖な場所だ。それに、扉には鍵《かぎ》もかかっていない。声が漏《も》れて、誰かがこの場にやってきたりしては、恥ずかしくて死んでしまう。

「ほら、声を出せ。淫乱姫《いんらんひめ》」

アマリアの密《ひそ》かな努力を打ち砕くように、リドワーンは抽挿を激しくする。

媚壁を激しくこすられて、そのたびに震えるような甘い痺《しび》れが奔《はし》った。

「——ぁっ……だめ、声が…外に……聞こえたらっ……ぁんっ！」

「なんだ、このまま修道女になるつもりなのか？」

そんなつもりは、まったくない。アマリアは小さく首を横に振った。

「だろう？　なら、ここの連中に聞かせてやれよ。すぐにでも破門《はもん》にしてもらえるぞ」

ぐりっ、と指の腹で肉芽を押され、突き抜けるような快感に声が上がる。

「やぁっ！　だっ、だめっ……！」

「だめなもんか。こうやって男に犯《おか》されるのが大好きなんだろう」

「……ち、ちがい…ます——あっ！　あぁんっ！」

「何がちがうんだ？」

「……わたし、は……殿方《とのがた》に…では、なくて——あなたに、こう…されるの、が、好き——なんです」

言ってしまって、ハッとした。

こんな淫《みだ》らな行為《こうい》を、好きだと肯定してしまうなんて——

羞恥《しゅうち》でリドワーンの顔を正面から見られない。

リドワーンが、ふぅ、と嘆息《たんそく》するのがわかった。

「可愛《かわい》いことを言う」

噛《か》みつくように口づけられて、舌を絡《から》ませてくる。

快感に声が漏《も》れる。

「んっ――――ふっ！」

蜜道で、柔肉を抉《えぐ》る動きがさらに激しさを増し、昇《のぼ》りつめてゆくあの感覚が、身体《からだ》じゅうを巡る。

「――――っ！」

快楽の渦《うず》が弾け、熟《う》れた身体《からだ》がぴくん、と跳《は》ねた。

陶然《とうぜん》としていると、耳元に熱い吐息がかかる。

「女神様の目の前で、達《たっ》してしまったな」

組み敷《し》かれたまま荒《あら》い呼吸を整えていると、そんな意地《いじ》の悪いことを言われた。

「……うう……」

リドワーンが戯《たわむ》れのように、白い乳房に手のひらを添《そ》わせてくる。

「前よりもさらに淫乱《いんらん》になった。俺とできない間、自分で慰《なぐさ》めてたんだろう？」

まだ快楽でとろりとしているすみれ色の瞳を、数回またたく。言われている意味がわからない。

「自分でこのいやらしい身体《からだ》を慰《なぐさ》めてたんだろう？」

そこまで言われてやっとわかった。

リドワーンの身体《からだ》が恋しくて、自慰行為《じいこうい》をしていたのだろう、とそう言っているようだ。

アマリアは必死で首を横に振った。

「っ！　そんなこと、していませんっ……」

「じゃあ、なんでこんなに感じやすくなったんだ」

「——わかりません……でも、絶対にそんなことはしていません！」

きっ、と目に力を入れて、からかうような口調のリドワーンを睨む。

修道院に来てからというもの、毎日が祈《いの》りと献身《けんしん》の日々だった。この上なく清らかな生活をしていたというのに、どうしてそんな疑いを持たれなくてはならないのか。

と、ふいに彼の表情から、からかいの色が消えた。

「——なら、ギルフォード卿《きょう》か？」

「え……」

「自分ではしていなくて、そのくせ身体《からだ》の反応は変わっている。別の男に抱かれたとしか思えない」

（……あっ——）

さぁっ、と血の気が引いたのが、自分でもわかった。

その表情で、リドワーンはすべてを悟《さと》ったようだ。

「抱かれたんだな」

言った彼は、いままでに見たことがないほどに切なげな目をしている。

その表情に、ぎゅうっ、と胸が締め付けられた。

「わたしは、拒《こば》みました。でも……」

拒《こば》みきることができなかった。

リドワーンの唇が、鎖骨《さこつ》のあたりに触《ふ》れてくる。

「この身体《からだ》に、あいつが触れたのか」

「ごめんなさい……」

どんな形であれ、抱かれたことは事実だ。

リドワーンが、喉《のど》の奥でうなる。

「やってくれるじゃないか。あの狂犬《きようけん》――」

「！　あっ！　あぁっ…ん…」

差し込まれた肉塊が、存在を主張するように蠢《うごめ》いた。

抜き差しする動きに合わせるように、アマリアの白い乳房が揺《ゆ》れる。

「――かつての恋人に預《あず》けると決めたのは俺だ。でもな、これから先は誰にもお前を触れさせない」

「……はい……あっ！　あぁっ！」

まるで獣《けもの》が交わるように激しく突かれ、アマリアは悶絶《もんぜつ》した。

この牝《めす》は自分のものであるという証《あかし》を刻《きざ》み付けるように、最も深い場所まで、何度も何度も楔《くさび》を打ち込んでくる。

じゅぷ、ぐちゅ、という卑猥《ひわい》な水音が、静謐《せいひつ》な聖堂に響《ひび》く。

「あっ！　……はぁ……」

「呆《あき》れるほどの淫乱《いんらん》だな。毎日慰《なぐさ》めてやらなければ、別の男の所へ走るかもな」

「そんなこと、しません――あっ……」

剛直が、胎内から引き抜かれる。

行為《こうい》を中断されたことに、胎内の柔肉が、陰唇が、寂《さみ》しがってひくひくと引きつった。

「…あぁ……」

唇からも、惜《お》しむような浅ましい声が漏《も》れた。

こんなに淫《みだ》らでは、リドワーンに疑われるのも無理はない。

「この先、俺がかまってやれない間、このいやらしい身体《からだ》をどうやって落ち着けるつもりだ？」

言って、アマリアの白いふくらみを、唇で、指先で巧《たく》みに愛撫しはじめる。

「がまん…します――」

「馬鹿《ばか》だな。我慢《がまん》しなくてもいい方法があるだろ？」

彼は、少し笑って、ふくらみに口づけの跡《あと》をつけてゆく。胸の中心で色づいた蕾《つぼみ》だけを避《さ》けて、何度も何度も唇を落とす。なのに、なぜだかリドワーンは、乳頭にだけは触れてくれない。

前にも、こんなようなことがあった。あのときは、口に出してお願いすれば、敏感な部分にも触《さわ》ってもらえた――

「リド……あの、胸の……その…真ん中を……んっ！」

つん、と乳頭を突いて、リドワーンが目を細める。

「真ん中、じゃないな。ここに別に呼び方があるのは知っているな？」

かぁっ、と顔が赤くなるのが自分でわかった。

「知ってるんだろ？　それでねだってみろよ」

「……真ん中の…この…あの……ち、乳首も――可愛《かわい》がってください」

言い切って、目を伏《ふ》せた。いくらなんでも恥ずかしすぎて、正面から彼の顔を見られない。

と、リドワーンはアマリアの手を取り、その手をふくらみの中心に置いた。

「自分でやってみろ」

「…え？」

「自分で弄《いじ》って、気持ちよくなってみろ」

ここで、彼の目の前で、自慰《じい》をしろと言われているのだ。

「……で、できません！」

「やってみろ。手を貸してやる」

アマリアの手のひらごと、ふくらみを揉《も》みしだきはじめる。

「やぁ……」

「ほら。やってみろよ」

指先を取られ、乳頭に触れさせられた。ぴくり、と身体《からだ》が小さく反応する。

「――ん……」

立ち上がった乳首を、きゅっ、とつままされると、甘い刺激がそこから広がる。

「あっ……」

「気持ちいいだろ？」

「ん……」

リドワーンの視線が、行為《こうい》に耽《ふけ》るアマリアに注《そそ》がれている。

「……んっ…あっ、あぁ……」

強弱をつけ、感じる強さを自分の指先で探ってゆく。想う男に見られながら、自らを昂《たか》ぶらせてゆく。なんて淫《みだ》らな行為《こうい》だろう――

リドワーンの手が、アマリアの指から離れた。けれど、アマリアの指は蠢《うごめ》くのをやめない。さらなる快楽を求めて、貪欲《どんよく》に敏感な場所を弄《いじ》る。

「……ふっ…うぅっ……んんっ……」

と、リドワーンの武骨《ぶこつ》な指が、アマリアの乳房をすくい上げるようにして揉《も》みはじめた。量感のある双丘が、アマリアとリドワーンの四本の腕で弄《もてあそ》ばれる。

「つあぁっ……あん……」

よがるアマリアを見ながら、リドワーンが薄く笑う。

「覚えのいい身体《からだ》だ。このまま胸だけで達《い》けるんじゃないのか」

言って、片方の胸からアマリアの手をどかすと、赤く熟《う》れた突起《とっき》を口に含《ふく》む。

「っ！　ひゃんっ！」

全身が歓喜でぞくぞくする。

まるで彼にこうしてもらうために、自分で乳首を昂《たか》ぶらせたようだ。

「あっ……あぁん――」

熱い粘膜《ねんまく》に覆《おお》われ、たっぷり可愛がられると、下腹部にまで快感が伝播《でんぱ》する。

リドワーンの雄を誘《さそ》うように、浅ましく腰がうねる。

リドワーンが乳房から顔を持ち上げ、

「――下も自分でする練習をしないとな」

言って彼は、アマリアの隠《かく》し持っていた短剣をちらつかせた。

いつかのように、鞘《さや》に埋《う》め込まれた玉石の部分で、ぐりっ、と肉芽を嬲《なぶ》られる。

「っ！　ああっ！」

ふっ、と笑い、リドワーンはアマリアの首筋《くびすじ》に唇を這《は》わせてくる。

「いい声が出たな。きっと外にも響《ひび》いたぞ」

「……いやっ……あっ！　あっあっあっあぁっ！」

愛液の絡《から》んだ玉石で何度も肉芽をこすられて、アマリアは悶絶《もんぜつ》した。

ぐりぐりっ、と、ひときわ強く花芯を押される。

「――っ！」

びくんっ、と快楽が全身を奔《はし》り抜けた。

「……はっ！　はぁ……ふ……ん……ん……」

「もう達《たつ》したのか？」

「……う……ふぅん……」

肩で大きく呼吸するアマリアに、リドワーンは愛しげに口づけてくる。

ちゅっ、ちゅっ、と音を立てて、互《たが》いの舌を貪《むさぼ》り合う。

達した余韻《よいん》も冷めないうちに、秘裂に硬いものがあてがわれた。

「――んん……」

口づけたまま、抗議《こうぎ》の声を上げるも、陰唇を押し開き、硬いものが侵入してくる。

「――！」

その無慈悲《むじひ》な硬度に戦慄《せんりつ》した。

（――っ！　なにをっ……？）

口づけから逃《のが》れ、陰部に視線をやり、アマリアは悲鳴を上げそうになった。

秘唇に、短剣の柄が差し込まれている。

「いっ……いやっ！　抜いて！　抜いてくださいっ……」

錯乱《さくらん》して暴れ出しそうになったアマリアの身体《からだ》を、リドワーンは軽く押さえ込み、

「馬鹿《ばか》を言え。この先、俺が傍《そば》にいてやれない間は、これを使って自分で慰《なぐさ》めるんだ」

「……えっ？」

「これを使って気持ちよくなる練習をしろ」

「――いっ……いやです！　抜いてください！」

訴えると、意外にも素直《すなお》に短剣を抜いてくれた。

しかし、ほっとしたのも束《つか》の間《ま》。

彼は、鞘《さや》の部分をアマリアに握《にぎ》らせ、

「自分で挿《い》れてみろ」

とんでもない命令をされた。

差し出された短剣と、リドワーンの顔を交互《こうご》に見比べ、アマリアは首を横に振った。

「挿《い》れてみろよ」

「……いやです。こんなのではなくて――わたしは……リドので、してほしいです」

ずいぶんはしたない願いをしてしまっていることに、言ってしまってから気付いた。

呆《あき》れられてはいないかと、ちらりと彼の表情《かお》を上目づかいでうかがう。

と、リドワーンが、虚《きょ》を突かれたようにかすかに身を震《ふる》わせた。

「小悪魔が……」

怒ったようにそう言って、アマリアから視線を逸《そ》らす。

「……リド？」

呆《あき》れられてしまった？　嫌《きら》われてしまった？

おろおろしていると、ぎゅっと抱き寄せられた。

胸元で、心音が重《かさ》なる。それで余計に情欲が刺激され、アマリアは陶然《とうぜん》とした。

「可愛《かわい》いんだよ――！　ああ、駄目《だめ》だ……俺のほうが耐えられない。ほら、早く自分でしてみろ」

言って、無理やりにアマリアに短剣の柄《え》を握《にぎ》らせると、その手のひらごと彼の手で握《にぎ》り込んでくる。その状態《じょうたい》で、鞘《さや》に入ったままの短剣を、ぬぷり、とアマリアの膣洞に突き入れてきた。

リドワーンの熱い滾《たぎ》りを求めていた媚肉は、その冷たさと硬さに驚き、きゅっ、と縮《ちぢ》こまる。

ぞくり、と奇妙な快感が背筋《せすじ》を這《は》い上った。

「あぁっ……か、硬い……うぅっ…あっ！」

ぐりっ、ぐりっ、と膣内で、硬い感触がうごめく。

これにはたまらず、アマリアは悶絶《もんぜつ》した。

「――俺のより、硬くて気持ちいいんじゃないのか？」

「そ、そんな……あぁっ、いやぁ……こんな、こんなのは……」

「よく言う――いやらしい蜜がいくらでも溢《あふ》れてきてるじゃないか」

くちゅ、ぐちゅ、と淫蜜のかき回される音が、耳につく。

はじめは冷たいばかりだった短剣は、アマリアの体熱で徐々《じょじょ》に温まり、人肌と同じ温かさを持った。そうなると、硬く大きなこの物体は、快楽を与えるためだけの卑猥《ひわい》な淫具《いんぐ》となってしまう。

少しの弾力《だんりょく》もない硬い塊《かたまり》で蜜洞を蹂躙《じゅうりん》されると、雄肉で責められるのとはまたちがった良さをもたらす。

「――あっ……あぁっ、あっあっあっ……！」

膣道の終点を、先端で、ぐぅっ、突き上げられた瞬間。

愉悦《ゆえつ》の塊《かたまり》が、弾《はじ》けた。

「――あぁっ……！」

全身を引きつらせるアマリアを見て、リドワーンもアマリアが達《たっ》したことを知ったようだ。

アマリアの手のひらごと握《にぎ》り込んでいた短剣を、蜜洞から引き抜き、

「見ろ――お前のいやらしい体液でどろどろだ」

そういって、愛蜜でぬらぬらと光る短剣の柄《え》を見せつけてくる。

羞恥《しゅうち》で目を逸らそうとしたら、顎《あご》を摑《つか》まれ、嚙《か》みつくように口づけられた。肉厚な舌が口内の隅々《すみずみ》まで蹂躙《じゅうりん》し、味わい尽《つ》くそうとうごめく。

唇が解放されると、情欲に爛々《らんらん》としたリドワーンの瞳に射竦《いすく》められた。

「ほら——これを挿《い》れてやるよ——可愛くて淫乱《いんらん》なアマリア」

そう言うと、今度はアマリアの手のひらに、熱く滾《たぎ》った彼の雄芯を握《にぎ》らせてくる。じゅくじゅくに熟《じゅく》したアマリアの蜜洞にも負けないくらいに高い熱を持ったそれに、間もなく貫かれてしまう——そう思うと、うっとりとした吐息が漏《も》れた。

「お前……なんていやらしい顔をしてるんだ——」

「！　……そ、そんな……」

「——いや、責めちゃいないけどな。俺以外の男にそんな顔を見せるなよ——俺だってこんな……たまらない気分になるんだ。犯《おか》されてしまうぞ——」

言いながら、アマリアの脚の間に身体《からだ》を割り込ませてくる彼には、いつもほどの余裕《よゆう》がない。どうしようもなくアマリアを愛しく感じ、求めているように見える。

そのことが、このうえなく嬉しい。

こつん、と額《ひたい》に額《ひたい》を軽くぶつけ、リドワーンがささやく。

「手加減《てかげん》できないからな——覚悟《かくご》しろよ」

「……う…ふぅ…あっん！」

愛液で潤《うる》んだ蜜口に、硬く滾《たぎ》った雄が突き入れられる。

さきほど無理やりに挿入《そうにゅう》された短剣とはちがい、熱と質量《しつりょう》を伴《ともな》った、血の通ったリドワーンの雄肉に、アマリアの媚肉は歓喜する。

「…ああっ――んっ……」

待ち望んでいた灼熱《しゃくねつ》の滾《たぎ》りに、膣肉が貪欲《どんよく》に食らいつく。まるでリドワーンの分身を咀嚼《そしゃく》するかのように、とろとろの蜜が溢《あふ》れて止まらない。

「――ああ、すごいな――本当に欲しかったんだな……」

つぶやいた彼の声音は、どこか陶然《とうぜん》としている。

「んっ…リド、も…きもちいい……？」

「ああ――俺もだ。たまらないよ、お前の中は――」

「……はい…あっあっ…あぁんっ！」

彼が腰を動かすたびに、秘裂の奥がぐちゅぐちゅと卑猥《ひわい》な音を立てる。

アマリアもまた、もっともっと彼を深く味わおうと、ゆったりと腰を揺《ゆ》らした。

「あぁ――いいぞ、アマリア――」

悦楽《えつらく》の滲《にじ》んだ声で言って、リドワーンは激しく腰を打ち付けてくる。

熱と量感《りょうかん》を持った雄芯が、容赦《ようしゃ》なくアマリアの隘路《あいろ》を穿《うが》つ。

「あっ！　あっあっあっあっ…あぁっ——！」

と、片方の乳房を持ち上げられ、先端《せんたん》をきつく吸い上げられた。

舐《な》めしゃぶられる乳頭からも、抜き差しされる秘裂からも、痺《しび》れのような甘い戦慄《せんりつ》が広がり、びくびくと全身が震《ふる》えた。

「……ひっ…あぁっ、あっあっ——リ、ド……んっ、んんっ！」

リドワーンの薄い唇に、アマリアのふっくらとした唇が包まれる。

口内に差し入れられた厚《あつ》い舌が、口の中でうごめく。

（——きもちいい……）

思考が麻痺《まひ》して、何も考えられない。

ただ、与えられる快楽を貪《むさぼ》ることがすべてだ。

唇が離れたとき、快楽とそれに伴《ともな》う甘い苦痛《くつう》で、涙が頬《ほお》を濡《ぬ》らしていた。

「——ふぅ…んん……」

視線を宙にさまよわせると、アストライア女神像の静謐《せいひつ》な姿が目に入る。

脱がされた修道服が、身体《からだ》の下敷《したじ》きになって汗と体液でぐっしょり湿っている。

「綺麗《きれい》だぞ、アマリア——淫《みだ》らで、いやらしくて」

淫《みだ》らで、いやらしい。

本当にそのとおりだ。こんな場所で、男と繋《つな》がる姿を貞節《ていせつ》の女神に晒《さら》しているのだから。

でも、こんなふうにされているいまが、たまらなく幸福だ。

リドワーンが、熱く、量感《りょうかん》のある雄芯で最奥を突きながら、

「好きだ、アマリア――」

そう言って、アマリアの指に指を絡《から》めてくる。

「……リド、好きです――すごく…んっ、しあわせ、です……」

はぁ、と吐息が漏《も》れる。

リドワーンの精悍《せいかん》な顔が近づいてきて、アマリアの頬《ほお》にぴたりと頬《ほお》を合わせる。

「俺もだ。お前とこうしているのが、最高にいい――」

「――はい……」

アマリアの頬《ほお》に唇を這《は》わせながら、リドワーンが淫靡《いんび》にささやく。

「貞節《ていせつ》の女神様の前で言ってみろよ――俺とこうするのが気持ちいいって――」

「――ん……リ……リドに――ぁん、犯《おか》して…もらって、きもち…いいです……」

言うと、耳殻《じかく》をリドワーンの唇に食《は》まれた。

「あっ……」

「いい子だ。これから――お前の気持ち良くなれる場所を、全部開発してやるからな――」

耳穴に熱く濡《ぬ》れた舌が差し込まれる。

ぞくり、と身体《からだ》が震《ふる》えた。

「——ひゃんっ！」

秘裂を犯され、ふくらみを揉《も》みしだかれながら、そんなところまで弄《もてあそ》ばれると、もう、どこで感じているのかわからなくなってしまう。身体中《からだじゅう》のどこに触れられても、そこから愉悦《ゆえつ》が生じるようだ。

熱く湿《しめ》った声音が、耳穴に吹き込まれる。

「——好きだぞ、アマリア——愛している」

「……ふっ……ふぅ……んっんっんっ……リド、わたし……も、好き——」

ぐんっ、と身体《からだ》の奥までひときわ強く突かれ、アマリアの意識は一気に弾《はじ》けた。

✿　✿　✿

修道院で再会を果たした後、アマリアとリドワーンはすぐさまアストライア神殿修道院《しんでんしゅうどういん》をあとにした。

必要最低限《ひつようさいていげん》の荷物だけを馬車に乗せ、ふたりきりで雪道をゆく。

そのまま内海に面した港町へ到着《とうちゃく》すると、馬車を売り払《はら》い、カンパニア行きの船に乗り込んだ。

晴れ渡った冬空のもと、船上に吹く風は刺《さ》すように冷たい。

けれど、リドワーンと身を寄せ合っていれば、それもなんということもなかった。

遠ざかってゆくウインディアの町並みを見ても、不思議と寂《さび》しさは感じない。

これからずっと、リドワーンといっしょにいられる喜びのほうが、遥《はる》かに強いからなのだろう。

「リド、でも……これでよかったのですか？」

彼はいまや『解放軍』と呼ばれるようになった反乱軍の指導者《ロード》で、いわば救国《きゅうこく》の英雄《えいゆう》だ。

腐敗《ふはい》した王政を終わらせたのは、彼の働きによるところが大きい。

「いいんだ。俺はもともと傭兵《ようへい》だからな。戦争屋に国は動かせるもんじゃないんだ」

そういうものなのだろうか。

首をかしげて彼を見上げると、ぽん、と頭に手を置かれた。

「国のことは心配するな。後のことは解放軍の側近に任《まか》せてきた。戦闘要員だった連中とちがって、物資《ぶっし》の補給とか、後方支援に当たっていた真面目な連中だ。国を動かすのは、そういう連中のほうがいいんだ」

「ですが——ウィンディアの人々は、戦場の英雄である、あなたを求めていたのではないのですか？」

問うと、リドワーンの口元に、不思議な笑みが浮かんだ。

「いいんだよ——生まれ変わろうとする国には、英雄なんぞいないほうがいい。そんなものがいては国が乱れるもとだ」

どこか清々《せいせい》したように言って、アマリアを抱き寄せる。

猫のように彼の胸に顔をすりつけながら、アマリアはつぶやく。

「わたしは……カンパニアへ行って、きちんと生活してゆけるかどうか、それが少し気がかりなんです」

なにせ、生まれたときから生粋《きっすい》のお姫様育ちだ。

料理や洗濯《せんたく》、掃除《そうじ》といった生活のことは修道院で少し学んだが、お金というものをどうやって手にするのかも知らなければ、自分の手で買い物ということすらしたことがない。さきほど、船に乗る前に、リドワーンが馬車と馬を売ってお金を得《え》たのを見て、いたく感動したばかりだ。

リドワーンが、愛しげに笑う。

「馬鹿《ばか》だな。お前には薬の知識もあるし、読み書きもできるだろ？　それだけできれば金を稼《かせ》ぐ手段《しゅだん》はいくらでもある」

「そうなのですか？」

目から鱗《うろこ》の情報だ。嗜《たしな》みとして身につけたにすぎない事柄《ことがら》が、仕事になるなんてまったく気がついていなかった。

「ああ。――だいたい、だ。金の心配をする必要はない。国盗《くにと》りにふさわしいだけの報酬《ほうしゅう》は得たからな」

（報酬《ほうしゅう》……革命《かくめい》《ロード》の？）

革命軍の指導者として、それにふさわしい報酬《ほうしゅう》はいただいた——と、そう言っているのだろう。

そこはやはり傭兵《ようへい》というべきか。リドワーンは、愛国心のみで動く革命家とは少しちがう。

そんなふうに、ちゃっかりした面もあるのだ。

ただ、彼と一緒《いっしょ》にいれば、どこへ行こうとも、何があろうとも、生きてゆくことができるにちがいないという、揺《ゆ》るぎない安心感があった。

「カンパニアへ着いたら、屋敷《やしき》でも買おう。落ち着くまでの間は、料理とか、洗濯《せんたく》とか、そういう家の中のことをしてくれればそれでいい。使用人が見つかれば、お前は花でも愛《め》でて過ごせばいいよ」

そう聞いて、アマリアはアストライア女神に感謝した。

もしも、アストライア神殿《しんでん》修道院《しゅうどういん》に入れられていなければ、料理の仕方すら知らないままだった。

と、リドワーンの手が、アマリアの細い肩に置かれる。

「冷えるな——船室へ行くか」

「はい」

ふいに、彼がアマリアの耳元に唇を寄せ、声を低くする。

「カンパニアへ着くのは夜だ——それまでたっぷり可愛《かわい》がってやるからな」

「……もうっ！」

照れて、怒ったアマリアの頬《ほお》に、リドワーンはそっと唇で触れた。

フォルテ侯爵領にて

Honey Novel

ウインディア王国軍が、反乱軍により倒され、この国の王制は崩壊《ほうかい》した――

フォルテ侯爵領の人々がその話を知ったのは、冬のはじまりの頃だった。

封建制《ほうけんせい》は廃止され、ウインディア王国はウインディア共和国へと様相《ようそう》を変え、かつて民衆を虐《しいた》げていた貴族たちは次々に投獄《とうごく》され、処刑されているという。

そんな中、ウインディア王国時代よりフォルテ侯爵領に住んでいた人々は、ウインディア国内にて唯一、封建制の継続《けいぞく》を望んだ。

もともとフォルテ侯爵領は、ウインディア国内において最も治安が安定しており、公平な領主のもと穏やかな政治が執《と》り行われていた土地だ。領主と民衆は信頼の絆《きずな》で結ばれており、これを覆《くつがえ》そうとする反乱軍に、フォルテ侯爵領の人々は異議を唱えたのだ。

体制が変わる際には、必ず混乱が生じる。血なまぐさい悲劇も起こる。

それよりは、このままフォルテ侯爵のもと、いままでどおりの穏やかな日々を過ごしたいと考えた。

フォルテ侯爵領の人々は、反乱軍に捕らわれたままのギルフォード卿の解放を願い、現在は『解放軍』と呼ばれているかつての反乱軍のもとへ、連日、多くの嘆願書を送った。

もとより王制ウインディアの圧政に耐えかねて組織されたのが反乱軍だ。

民衆が共和制を望まないのであれば、そこまでである。

こうしてフォルテ侯爵領は『フォルテ自治領』として、革命前と変わらずフォルテ侯爵が治めることとなった。

同時に、解放軍に捕らわれていたギルフォード卿は、フォルテ侯爵領へ無償《むしょう》で返されることとなったのだった。

✿　✿　✿

『親愛なるフォルテ侯爵領の皆様へ
私、ギルフォード・フォルテは、来《きた》る春の第十五日に、フォルテ侯爵領へ戻ることと相成《あいな》りました。

これというのも、皆様が解放軍へ向けて、多くの嘆願書を送ってくださったおかげです。皆様の温かいお心に、深く感謝しております。

現在、私の置かれている境遇《きょうぐう》についてお話しさせていただきますと、囚われの生活ではありますが、解放軍の方々は礼儀正しく接してくださり、不自由に思うことは何もありません。

帰還の日は、解放軍にて献身的《けんしんてき》に私の世話をしてくださった麗《うるわ》しの女騎士殿を伴《ともな》い、戻《もど》ります。どうか彼女に失礼のないよう、歓迎の準備をしておいてください。

ギルフォード・フォルテ』

ギルフォードからの手紙が、ギルフォードの父親に当たるフォルテ子爵に読み上げられると、広間に集められた使用人たちから歓喜の声が上がった。

「ついにギルフォードさまがお戻りにっ……」

「よかった……！　本当によかった！」

「麗しの女騎士殿、ですって！　どんな方なのかしら!?」

「もしかして……恋人？」

「そうかも！　囚われのギルフォード様のお世話をするうちに、恋心が——なんて！」

「麗しの女騎士殿、ときたか！　どんな美女なんだろうなぁ」

「ギルフォード様に見初《みそ》められるくらいだ。きっと絶世の美女だろう」

「そうよねぇ。ギルフォードさまがあのお美しさだもの。並《なみ》の女じゃ、となりに立つ勇気も出ないわ」

「アマリア姫も美人だったもんなぁ」

「この女騎士殿ってのも、きっとすごい美人なんだろうねぇ」

「そりゃ楽しみだ！」

フォルテ侯爵家に暮らす人々は、ギルフォード卿とその恋人と予測される麗しの女騎士殿を迎える日に向けて、フォルテ屋敷をピカピカに磨き上げた。

そして、ギルフォード帰郷の前日に当たる春の第十四日目には、屋敷中のいたるところに瑞々《みずみず》しい花が飾られ、シャンデリアには高価な蜜蠟《みつろう》でできた蠟燭《ろうそく》がセットされた。歓待のために用意された食材は、広大なフォルテ侯爵領中から最高のものが選《よ》りすぐられ、食器もカトラリーも、王族を歓待するときに使う最上級のものが用意された。

ギルフォードの帰郷は、押し寄せる革命の波に不安を感じていたフォルテ侯爵領の人々にもたらされた久々の吉報《きっぽう》であり、誰もがこの知らせに胸を踊《おど》らせていた。

✿　✿　✿

そして、春の第十五日。

喜ばしい日にふさわしく、この日は朝から気持ちよく晴れていた。

かつてアマリア姫がこの屋敷へ滞在《たいざい》した際、アマリア付きの侍女であった少女ことサァラは、屋敷のテラスと中とを行ったり来たりして、ギルフォードの帰りをいまかいまかと待ちわびていた。

やがて街の大通りから、人々の歓声が響いてきた。

「！　いらっしゃったわ！」

サァラの声に、他の使用人たちもテラスへ押し寄せる。

テラスから見おろす大通りを、白馬に乗ったギルフォードと、解放軍の騎兵たちが堂々と行進している。

通りに押し寄せた人々が、ギルフォードと解放軍の騎兵たちの進む先に、花びらを撒《ま》いて歓迎しており、大通りは花々の鮮やかな色彩で埋《う》め尽くされてゆく。

祝福一色のその光景に、サァラの胸は熱くなる。

ギルフォードが解放軍に捕らわれており、処断の下る日を待っていると聞いたフォルテ侯爵領の人々は、皆一様《みないちよう》に胸を痛ませていたものだ。

(ギルフォード様！　よくぞご無事で！)

「わたしたちもお迎えにあがらないと！」

サァラは他の使用人たちとともに、フォルテ屋敷の庭園へと駆《か》けた。

解放軍の騎兵を伴《ともな》ったギルフォードの一行は、人々の歓声に応えながら、ゆっくりゆっくりとフォルテ屋敷へやってくる。

(わたしたちのギルフォード様が帰っていらっしゃった……！)

ギルフォードの一行は、屋敷の門扉をくぐり、庭園へと馬を歩ませてくる。

数か月ぶりにサァラが目にしたギルフォード卿は、片方の瞳を黒い眼帯《がんたい》で覆《おお》ってはいるものの、囚われ人《びと》としての生活を感じさせぬほどに華やかで麗しい。

ギルフォードは父親に当たるフォルテ子爵の前で白馬から下りると、きっちりと一礼した。

「お久しぶりです、父上」

「ああ。よくぞ戻った」

子爵は目尻に涙すら浮かべ、数か月ぶりに姿を見せた息子を抱擁《ほうよう》する。

体面《たいめん》や形式をなによりも重んじる貴族階級の人間が、このように人前で、親子の情を表すことはそうそうにない。

親子の再会を目の当《ま》たりにしたサァラと使用人たちは、子爵と同じく思わず涙ぐんでしまった。

ギルフォードの傍《かたわ》らには、雄牛のように厳《いか》めしい顔つきをした解放軍の騎兵が付き添っている。いかにも歴戦の勇者、といった風貌のその騎兵を振り返り、ギルフォードは甘く微笑《ほほえ》む。

「紹介いたします、父上。こちらの女性はローダ。虜囚《りょしゅう》であった私の身を誰よりも慮《おもんぱか》ってくださった方です」

「女性……」

(女性っ⁉)

サァラも子爵と同じく、心の中でギルフォードの言葉をくり返した。

言われてみて、ローダという騎兵をよく見れば、身体の線が少し丸みを帯びているような気がする。

子爵もまた、目の前の騎兵に上から下までさっと視線を走らせ、

「！　これは……なんと、解放軍には女性の騎兵もいらっしゃいましたか！」

子爵は、ギルフォードからの手紙でそのことを知っているはずだった。単にこの女騎士の顔つきや佇《たたず》まいが女性に見えなかっただけの話だろう。

子爵は、それ以上はこの話題に触れなかった。

「息子を無事に送り届けてくださったこと、心より感謝しております、ささやかではありますが、皆様を歓待する宴《うたげ》の準備をしております。皆様、どうぞご遠慮《えんりょ》なさらずお楽しみください」

子爵の声に、解放軍の騎兵たちの空気が一気に和《なご》んだ。

ギルフォードは華やかな笑みを浮かべて、傍《かたわ》らの女騎兵に視線を向け、

「料理長の作る鴨《かも》のローストは絶品なのです。ローダ、私の戦女神《いくさめがみ》。ぜひあなたにもご賞味《しょうみ》していただきたい」

そう言った声音と視線に、恋人に向けるような甘やかなものが混じっていたような気がす

るのは、サァラの気のせいなのだろうか。

(……まさか、ね)

けれど、さきほどギルフォードは、この女騎兵のことを『私の戦女神』と呼んだ。

戦《いくさ》の女神とはいえ、女神は女神だ。

それはやはり、そういう意味なのではないだろうか。

もう一度、女騎兵に目をやったサァラの表情が固まる。

(……えっ!?)

女騎兵が左の小指に嵌《は》めている指輪には、見覚えがある。

大粒の青いサファイアのまわりを、小さな白いサファイアで縁取《ふちど》った、芸術品のように美しいあの指輪は――

(あれって、ギルフォード様が王女様に贈った指輪と同じっ……！)

そこまで考えて、サァラを首を横に振った。

あれが王女の指輪であるはずがない。

王女が修道院へ向かう際、サァラはあの指輪を、王女の荷物の中へこっそりと忍ばせたのだ。修道院の人間に見つかればきっと没収《ぼっしゅう》されてしまうだろうから、絶対に見つからないようにと、王女の下着を入れる袋の中へあの指輪を入れた。

その指輪が、今、解放軍の女騎兵の指を飾っている。

もしかしたら王女は、サァラが忍ばせた指輪に気付き、修道女には必要がないからと、ギルフォードに指輪を返したのだろうか？

そして、その指輪を、あの雄々《おお》しい女騎兵が嵌《は》めているということは――

（き、気のせいよ！　王女様の指輪じゃないわ。きっと、似たものを付けているだけよ……うん、そうよ！　きっとそうだわ！）

そう自分に言い聞かせて、サァラは宴の準備へと戻った。

あとがき

こんにちは、みなさん。

ハニー文庫さんでは二冊目の文庫となります、天条アンナです。

前作の甘エロ路線とはガラリと変わって、今回は愛憎渦巻《あいぞううずま》く昼ドラ系ファンタジーとなっております。


囚われのお姫様。

このひとことに、とんでもなくエロスななにかとロマンスが凝縮《ぎょうしゅく》されているような気がするのは、わたしだけではないはずだ、と。

思えば、八十年代から九十年代のにかけてのＲＰＧには、『さらわれたお姫様を助けに行く』目的のゲームがわんさかあったような気がします。

当時の天条はまだ小学生とか中学生でしたが、子供ながらにそういったストーリーを目にするたびに、そこに潜《ひそ》むエロスを感じ取っていたものです（例外として、クッパにさらわれたピーチ姫を挙げておきます。クッパさんは、まぁ、亀だし……エロスもなにもあったもんじゃないだろう、と。うん）。

しかし、このお姫様をさらったやつというのがイケメンだったらどうだろう？　そのまま恋に落ちる可能性もじゅうぶんにある！　むしろそうなったらイイような気がする！

お姫様なわけだから、婚約者とか恋人とかがいて、それなのにさらわれちゃっていろいろされたら尚《なお》、エロいっ……！

そんな妄想をもとに、この作品は生まれました。

いまから約二年前のことです。実を言いますと、このお話は天条が生まれて初めて書いたエロマンティック小説であります。

女性向けのエロマンティック小説というものについて、よくよく研究する前に書いたものですので、好き放題に書いてるな——と、二〇一四年現在の自分は思います。

リドワーンのドSな感じとか、ギルフォードの一見生真面目《きまじめ》なのにやることはけっこうえげつない感じとかが、果たして読者様に受け入れていただけるのかどうか、いまからもうドッキドキであります。

そんなアグレッシヴな本作を採用してくださった担当S様。

ご多忙の中、イラストをお引き受けくださった池上紗京様（池上様のお描きになる褐色美形が大好きです！　池上様のリドワーン、楽しみにしておりますっ……！）。

デザイナー様、校閲様。改稿アドバイスをくれた友人たち。

みなさまに心からの感謝を。

そして、天条家の三匹のにゃんこたち――改稿中に、タンスの上からキーボード上に着地してくださったり、背中に飛び乗ってきてくれたついでに爪引っかけてTシャツ破いてくれたりしたので、さすがに叱ろうとしたものの、すごく可愛い表情で小首かしげてこちらを見つめていたので結局叱れず、それどころかおやつまであげてみたりして、どんどんダメねこにしているダメ飼い主――そんなダメ飼い主を、ネコパンチ等で励ましてくれる愛くるしいねこたちにもありがとう（にゃんこたちがどのような悪事を働いても『可愛いから』という理由故《ゆえ》に、まったく叱らずに育てた結果がコレでゴザイマス。

叱らない教育はダメだ……）。
……すみません、話がにゃんこに逸れました。
スペシャルサンクス続けます。
そして、この冒険作を手に取ってくださったあなたに、最大の感謝を。
本当にありがとうございます！
またお目にかかれることを、こころより願っております。

二〇一四年　九月の半ば　天条アンナ

公式ブログ『天条にゃんこ園』→ http://tenjonyanko.blog.fc2.com/

本作品は書き下ろしです

天条アンナ先生、池上紗京先生へのお便り、
本作品に関するご意見、ご感想などは
〒101-8405
東京都千代田区三崎町2-18-11
二見書房　ハニー文庫
「略奪愛〜囚われ姫の千一夜〜」係まで。

Honey Novel

略奪《りゃくだつ》愛《あい》
〜囚《とら》われ姫《ひめ》の千一《せんいち》夜《や》〜

【著者】天条《てんじょう》アンナ

【発行所】株式会社二見書房
東京都千代田区三崎町2-18-11
電話　03(3515)2311［営業］
　　　03(3515)2314［編集］
振替　00170-4-2639
【印刷】株式会社堀内印刷所
【製本】ナショナル製本協同組合

落丁・乱丁本はお取り替えいたします。
定価は、カバーに表示してあります。

ISBN978-4-576-15003-1
http://honey.futami.co.jp/